Marsha van Sterblink *wurde 1960 in Liverpool, als Tochter eines Fremdenlegionärs und einer Künstlerin, geboren.*

Sie war die einzige Tochter des Ehepaars die Fußball spielte. Später studierte sie Deutsche Literatur und verliebte sich, während ihres Studiums, in einen fliegenden Holländer.

Heute lebt sie, zurückgezogen, mit ihrer Familie in den Niederlanden. Marsha van Sterblink hat fünf Kinder. Von den fünf Jungen sind drei Mädchen geworden. Die Liebe zum Fußball hat sie dort aufgegeben.

Ihre Inspiration für ihre Bücher, holt sie sich aus dem eigenen Umfeld. Ihre humorvollen Geschichten schreibt sie in ihrem Haus am Meer.

Kapitel	Seite:
Kleiner Schimpanse im Weltall	3
Das Weltall	7
Schönheit, Sicherheit, Schwerelosigkeit	18
Geheimnisvolle Dosen	25
Operationen	34
Elefantengeschirre,	43
BH Größen	53
Deutsche Supermodels	60
Käpt`n Hakens Baumarkteinlauf	65
Das Hexenbuch	76
Ich bin ein Wechselbalg	89
Mein Chef	98
Beerdigung	107
Patientenverfügung	119
Hörgeräte und Rollatoren	131
Knüppelbude	141
Schule	153
Ein ganz normaler Morgen	165
Ganz schön blöd	171
Kaputter Schnurr	178
Religionsunterricht	186
Die Welt von Übermorgen	192
„Kind, ich habe WatsUp!"	199

Kleiner Schimpanse im Weltall

Ich schaue in den dunklen Nachthimmel, der mit Sternen nur so übersät ist. Man kann das gar nicht begreifen, dass man gerade in diesem Moment auch ein Teil des Universums ist. Ich komme mir dann immer wie in einem Sience Fiction Film vor und es gruselt mich auch ein wenig. Ich interessiere mich seit meiner Kindheit schon für das Weltall, für Raumflüge, Raketen und Flugzeuge haben es mir auch angetan. Besonders Überschall-Flugzeuge wie SR-71 Black Bird, das schnellste Flugzeug der Welt. Unfassbar wie schnell die alle sind und was die alles können. Wie ich mal wieder im Internet über Raumfahrt gestöbert habe, fiel mir der kleine Schimpanse „Ham" auf. Ich hatte von diesem Schimpansen, der als erster ins All flog, noch nie etwas gehört. Ich kannte als erstes Lebewesen im All nur „Laica", die arme Straßenhündin, die im Weltraum verglühte. Ihr folgten dann auch einige Rhesusäffchen. Es ging am Anfang, zum Leidwesen dieser armen Kreaturen, noch vieles schief. Dann wurden auch Schimpansen für diese ersten Flüge ins All trainiert.

Der Schimpanse „Ham" wurde angeblich 1956 noch frei im Urwald von Kamerun

3

geboren. Ein kleiner Schimpanse, dessen Mutter und ganze Sippe wahrscheinlich von Wilderern getötet wurden und den sie dann auf einem Tier- oder Fleischmarkt angeboten haben. Dieses ist jedoch nicht einwandfrei erwiesen. Er soll so zur Holloman Air Force Base gekommen sein, die wohl gerade Primaten für ihren ersten bemannten Raumflug planten und diese wurden dann im *Holloman Aerospace Medical Center* auf den Flug trainiert.

Er erhält zuerst noch keinen Namen, sondern wird zu Nr. 65. Ham war einer von 40 Schimpansen die in das Center gebracht wurden. Aber nur 6 Schimpansen qualifizieren sich und am Tag des Startes, am 31. Januar 1961, wird er aufgrund seines idealen Gesundheitszustandes für den Flug kurzfristig ausgewählt. Der Name „Ham" war von dem o.g. Center abgeleitet. Quelle Wikipedia

Bei YouTube gibt es dazu einen Dokumentarfilm von seinem Flug ins All und der glücklich verlaufenen Landung sowie der Bergung aus dem Atlantik. Beeindruckend und auch traurig zugleich, obwohl er ja gesund überlebte. Was er wirklich empfand und welche Ängste er ausstand, kann keiner genau sagen.

Er bekam für seine Dienste einen Apfel und eine Orange. Er soll 17 Jahre lang in Einzelhaltung in einem Zoo gelebt haben, bis Tierschützer erreichten, dass er noch für 3 Jahre in einen anderen Zoo verlegt wurde. 1983 starb Ham dort an Altersschwäche.

Bei meiner Recherche zu einigen Themen, die ich in dieses Buch geschrieben habe, las ich natürlich im Internet. Aber auch dort stimmt nicht immer alles, was man findet, da muss man differenzieren. Manchmal findet man Dinge, nach denen man überhaupt nicht suchte, von denen man nichts wusste und die einen dann mitnehmen. So auch die Geschichte vom diesem tapferen kleinen Schimpansen. Es hat mich so sehr berührt, vielleicht auch deswegen, weil das für mich immer irgendwie „kleine Jungen" sind.

Es hat aber sonst nichts mit diesem Buch zu tun, obwohl sich hier und da, auch mal Schimpansen tummeln. Leider benehmen sich einige unserer Mitmenschen wie Schimpansen und da ziehe ich gerne diesen Vergleich. Auch meine Jungs, waren irgendwann mal wie kleine Affen. Ich finde im Alter zwischen 4 und 6 sind es kleine Äffchen und das fand ich so niedlich. Ich hatte auch immer Äpfel und Bananen zu Hause.

Um nochmal kurz auf den kleinen Ham zurückzu-kommen, fand ich es nicht schlecht, an diesen kleinen tapferen Kerl zu erinnern und es passte somit auch gut zu meinem Cover, welches zufällig einen Schimpansen zeigt. Die Frau auf deren Schulter der Schimpanse sitzt, zeigt meine Schwester mit Miniplay, die noch meinte: „Da erkennt mich sowieso keiner mehr drauf!"

Das wollte ich hier mal erwähnt haben. Auf Anfrage gebe ich gerne Ihre Mobil-Nummer raus, falls sich einer mal den Affen ausleihen möchte! Und es gibt noch mehr parallelen zwischen Ham und meiner Schwester. Sie sind bis auf einen Monat gleich alt.

So schließt sich hier der Kreis. Und das mit dem kleinen Schimpansen, erzählt es ruhig weiter, dass hat sich der Kleine posthum verdient.

Das Weltall

Während ich immer noch in der Einfahrt stehe und der kühle Wind mir durch meine Haare bläst, stehe ich da und schaue immer noch hoch. Das ist in diesem Moment für mich so unbegreiflich, dass wir ja auf einem Planeten wohnen. Alle die vielen Menschen, Tiere, Häuser, Autos, große Flugzeuge, schwere Schiffe, riesige Hochhäuser, Waschmaschinen etc. einfach alles schwebt auf diesem Planeten durch das All.

Tag und Nacht schweben wir dahin, wie in einem riesigen Raumschiff. Und es ist uns oft überhaupt nicht bewusst, wir gehen den Dingen nach, die wir machen müssen.

Gehen früh zur Arbeit, zur Schule, fliegen in Urlaub, gehen schwimmen, lieben uns, zanken uns, bekommen Kinder, sterben irgendwann und alles im Flug durch das Weltall.

Ich starre immer noch nach oben und denke wie unfassbar das alles für mich als kleine Hausfrau ist, die gerade „schwebend durchs All mal eben bei ihrem Lieblingsdiscounter" shoppen war. Und wie leid mir „immer noch" der kleine Schimpanse tut.

Wie kann die Erde das alles tragen ohne aus ihrer Umlaufbahn zu driften? Immer noch schaue ich faszinierend in den Himmel. Mein Nacken spannt allmählich und ich höre meinen Mann, der ruft: „Was stehste denn da wie angewurzelt in der Einfahrt, komm doch endlich rein!" Der merkt auch wiedermal gar nix.

Ja, da geht es auch schon wieder los, das Leben. Ohne einen Gedanken an das unfassbare Universum. Es gibt noch so viel zu entdecken und zu enträtseln, aber ich muss jetzt rein. Ich habe heute sowieso keine Zeit mehr groß etwas zu entdecken. Mit viel Glück entdecke ich im Kühlschrank noch ein paar leckere Geflügel-würstchen, die kurz nach ihrer Entdeckung dann auch schon wieder verschwunden sind.

Ich habe keine Optionen und Zeit kleine Äffchen in die Umlaufbahn zu schießen und auch keine Straßenhunde. Das würde ich auch nie tun, ich würde sie alle, alle zu mir aufnehmen und ganz doll lieb haben.

Wenn ich jetzt nochmal auf die Welt käme, hätte ich noch eine Menge Zeit und wollte selbst da hoch. Aber dafür müsste man auch etwas in der Richtung studieren.

Ich habe mich letztens gewundert, als ich im Internet, in einem Netzwerk, in meinem eigenen Profil über mich selber las, ich wäre - und jetzt kommt's: „Silvesterraketenforscherin und Bombologin!" Zuerst dachte ich: „Wer schreibt denn so einen Scheiß da rein? Und was ist „Bombologin?" Man sollte nie, aber auch wirklich niemals, wenn man Alkohol getrunken hat, ins Internet gehen. Ich habe auch schon mal Mails verschickt und mich in einem Chat fast geprügelt, bis man mich da rausgeschmissen hat und ich Hausverbot bekam.

Auf jeden Fall würde ich etwas forschen wollen und das am liebsten ganz, ganz weit oben im Universum. Ob es nun einen Gott gibt oder nicht, da muss es doch irgendwas geben? Vielleicht waren damals doch schon Außerirdische auf unserem Planeten gelandet. Die haben ein bisschen „Feuerzauber" veranstaltet, paar Büsche haben gebrannt, sind leuchtend und feuersprühend um die Hütten geflogen und haben hier einen ersten Außerirdischen als Baby in einer Scheune dagelassen. Vielleicht um ein Experiment zu starten? Da standen ein paar Typen mit offenem Mund, Jesuslatschen und langen Bärten. Da haben die wahrscheinlich gedacht, die sehen so aus, als bräuchten die etwas Nachhilfe! Und schwupp, waren die in diesem außergalaktischen Lernprogramm. Dass Jesus Kranke heilen konnte, wundert mich demnach auch nicht.

Ich nehme auch nicht an, dass die Außerirdischen damals ernsthaft daran gedacht haben, dass man jemanden, der einem etwas Gutes beibringen will, kreuzigen würde. Deshalb haben sie Jesus nach seinem Tod aus seiner Grabkammer wieder abgeholt. Mit uns Menschen ist eben nicht immer gut Kirschen essen und zu dieser Zeit waren die eben noch nicht so weit, dass die viel diskutiert haben oder mal eine andere Meinung haben stehen gelassen. Da wurde halt schnell druffgekloppt und genagelt. Nach diesem schlimmen Ereignis und der Feststellung, ob denn diese Rasse überhaupt etwas dazu lernen möchte, sind die noch ein paar Mal runtergekommen, haben nur mal geguckt. Hier war mal wieder zu viel Gedöns und Krieg auf der Erde und dann sind die wieder weg.

Vielleicht auch mal den einen oder anderen mitgenommen zum Auseinandernehmen und eine neue Dauerwelle zu verpassen und dann wieder abgeflogen.

Die haben bestimmt schon mal meine Nachbarin entführt, die immer an unserem Haus vorbeischwebt, denn die hat so eine Frisur.

Also, wenn die damals schon fliegen konnten, wie weit mögen die dann heute schon sein? Kommen sie irgendwann doch wieder oder sind sie schon lange hier unter uns?

Damals waren sie noch in friedlicher Absicht gekommen um uns etwas beizubringen und um den einen oder anderen zu „frisieren!" Wie sind sie jetzt drauf? Saugen die uns direkt in ihren Weltraumstaubsauger mit Häcksler hinten dran?

Auf jeden Fall gibt es hier auf der Erde noch eine Menge Rätsel zu entdecken oder aufzudecken. Es vergeht kein Tag wo ich nicht etwas Neues herausfinde in meiner kleinen Welt. Es ist jeden Tag irgendwo was los und wenn es nur in meinem Gesicht ist. Dazu brauch ich keine neue Dauerwelle, die mir irgendwelche Außerirdischen verpassen.

Früh morgens lache ich mich selbst im Spiegel an und das funktioniert auch gut. Denn der erste fröhliche Mensch, der mir am Morgen begegnet, bin ich selbst!

Der zweite richtig lustige ist „Käpt`n Haken. Na ja, „richtig lustig" ist nicht die richtige Beschreibung für ihn. Er geht immer zur Arbeit, geföhnt und gestriegelt, egal was auch los ist.

Da könnte wirklich draußen eine Untertasse landen, der würde sich von nichts aufhalten lassen. Der würde den Außerirdischen schon beibringen, was es heißt in seinem Garten zu landen und was Pünktlichkeit heißt. Aber mal „hallo!"

Die hätten nicht viel Zeit mehr ihre Waffen zu zücken oder ein Gespräch anzufangen. Der würde denen sofort seine blaue Butterbrotdose auf den Kopf hauen bis die grünen Fühler wackeln oder seinen Kaffee to Go in den Helm schütten. Und was heißt eigentlich Gespräch? Gespräche führt er nur mit allen wichtigen Personen und wenn dann nur ernsthafte Gespräche. Wenn man ihn etwas fragt, bekommt man oft überhaupt keine Antwort, das macht er je nach Laune. Wie blöd das für einen ist, kann der sich nicht vorstellen, denn er will ja auch nix sagen. Gespräche finden dann statt, wenn er Redebedarf hat und dann ist er nicht zu bremsen. Mein Gehirn schaltet dann einfach ab, wenn es zu viel Information ist.

Ich gucke in seine Richtung und nicke brav an den richtigen Stellen oder sage mal sowas wie: „Ach was, oder Ach so…und hm!" Technischer Kram, Anweisungen, Belehrungen jeglicher Art, stundenlange Ausführungen über „sein Thema", das geht alles, aber wehe man möchte auch mal länger etwas bereden. Nö, da hört er nicht hin, da macht er dicht. Sein Lieblingsthema seit längerem ist: „Holz" in jeglicher Art und Form.

Und vor allen Dingen, bloß morgens nicht zu viel ansprechen. Das ist absolut auch nicht die Zeit „unangenehme Dinge" abzufragen. Da kann der Schuss schon mal schön nach hinten gehen. Einfach ihn mal alles in Ruhe machen lassen.

Wenn er dann im Bad ist, geh ich in die Küche runter. Danach begegnet mir der „röhrende Hirsch" ein paar Mal und über den Falle ich dann irgendwann mal die Treppe runter. Oft geht er „krächzend und röhrend" an mir vorbei in die Küche um dort dann richtig Gas zu geben. Unsere Katze ist ca. 21 Jahre alt und ist natürlich etwas senil. Die Stimmbänder waren nicht für diese lange Lebenszeit gedacht. Auf der Verpackung stand bestimmt „Haltbar bis mind. August 2006 oder so!" Da muss der liebe Gott oder wer da auch immer sowas konstruiert hat, demnächst mal dran denken, dass er die Ersatzteile für die vielfältigen Lebewesen jetzt etwas langlebiger ausstattet. In unserem kleinen Dorf werden jetzt aktuell die Menschen schon 102 Jahre alt. Vielleicht bekommt er das dann mit unserer Haut und dem Bindegewebe ja auch mal hin? „Lieber Gott, wir müssen reden!"

Ganz gerne würde ich mal über das Alter mit dem verantwortlichen Reden. Die Menschen würden gerne sehr alt werden, aber bitteschön ohne Falten, ohne körperliche Gebrechen und ohne Demenz. Da muss es doch was geben?

Noch kann man nicht möglichst lange leben und gleichzeitig jung bleiben.

Das funktioniert leider noch nicht. Jeder hat seine Zeit, wo er jung ist - und alle werden wir alt, wenn wir nicht vorher tot sind. Ich kann manche Frauen nicht verstehen, wenn sie mit Mitte zwanzig schon anfangen zu jammern, wegen ein paar Dellen am Hintern oder an den Oberschenkeln. Dabei sind die noch so schön und wissen es nicht.

Jede einzelne Frau ist doch auf ihre eigene Art schön. Das wir altern, das wird ja jedes

Jahr schlimmer. Es ist doch einfach so, die eine hat es dort, die andere eben am Busen oder an den Oberarmen oder gleichzeitig. Dann ist das eben blöd gelaufen, aber das ist eben so. Deswegen muss man sich nicht gleich umbringen. Es gibt weiß Gott, wichtigere Dinge in unserem Leben. Das weiß ich aber auch erst seit ich die Fünfzig überschritten habe.

Leider erfährt oder spürt man solche Dinge erst im Alter. Würde man sie vorher spüren, würde man ja nicht richtig leben. Leben heißt auch Erfahrungen machen. Wenn wir nichts erfahren, wie sollen wir dann wissen, wie sich das anfühlt? Leider können wir uns dabei nicht aussuchen, ob es gute oder schlechte Erfahrungen sind. Auf manche davon könnte der eine oder andere gerne verzichten.

Aber auch schlechte Erfahrungen lassen uns etwas lernen. Wir sollen es besser machen und je älter wir werden und erfahren haben, umso besser können wir unser Leben gestalten. Natürlich sind wir nicht auf unvorhergesehene Dinge eingestellt, deshalb sind sie ja „unvorhersehbar" und auch wenn diese passieren, müssen wir damit umgehen und sei es noch so schlimm. Dazu gehört auch der Tod. Wir werden geboren und ab da, altern wir vor uns hin und am Schluss sterben wir. Wann Schluss ist, weiß der Geier.

Bei manchen Menschen ist die Uhr früher zu Ende und keiner weiß warum. Andere helfen tüchtig nach mit Nikotin und Alkohol und sagen wir mal ehrlich, wenn wir was „gesüppelt" haben, ist uns das auch erst mal, ziemlich egal. Wir glauben das eh nicht, dass wir sterben könnten. So ähnlich muss mein Vater damals gedacht haben, er wurde nur 41 Jahre alt. Er dachte auch, er wäre „unkaputtbar", wie man so schön sagt. Und wir glauben das ja auch, bis wir es selbst erleben in der Familie und Bekanntenkreis. Den Tod gibt es wirklich. Meine Oma hat mir dazu, als ich Kind war und ängstlich danach fragte, folgendes erklärt: „Wenn man alt geworden ist, wird man immer müder, man schläft gerne und viel und irgendwann mag man einfach nicht mehr. Man kann einfach nicht mehr weiter, weil man des Lebens müde geworden ist!" Das hat mir damals als Kind gereicht und bis dahin hatte ich immer angenommen, dass man erst stirbt, egal was kommt, wenn man alt ist – und das war für mich damals verdammt weit weg. Also, hab ich danach mal so richtig Gas gegeben und kann heute froh sein, dass ich immer noch lebe. Erfahrungen habe ich bis heute mehr als genug gesammelt, bin immer schön an der Kante vorbeigerutscht. Ich war aber auch ein wildes Ding! ☺ Diese Erfahrungen haben mir später, so Mitte 40, dann geholfen, es besser zu machen. Man weiß jetzt zumindest, wann man mit dem Trinken aufhören sollte und wie viel wirklich in seinen Körper reinpasst. Klar, geraucht bzw. „gepafft" habe ich und geschnorrt wo es nur ging. Rauchen finde ich schon seit längerem absolut schrecklich. Das war das Erste, was ich sein gelassen habe.

Immer noch - und wir schreiben das Jahr 2017, sterben die Menschen an Herz-Kreislauf-Erkrankungen. An erster Stelle steht das Rauchen aber auch der Alc tut einiges dazu. Dann Übergewicht und Bewegungsmangel, na klar, das wissen wir alle und jeder muss selber merken, wann er damit aufhört und mit dem gesunden Leben anfängt. Und da gibt es jetzt wieder die ganz Emsigen, die mit 50 anfangen „Marathon" zu laufen – die fallen dann irgendwann um, weil sie es auch übertrieben haben.

Ach, macht doch einfach was ihr wollt, ist doch Euer Leben. ;)

Schönheit , Sicherheit, Schwerelosigkeit

Schön sein, dass kann man auch noch bis ins hohe Alter ob mit wenig oder vielen Falten. Meine Mutter ist gerade achtzig Jahre alt geworden und hat wenig Falten. Sie sieht überhaupt nicht aus, wie eine alte Frau, wie man sich das früher schon vorgestellt hat. Sie fährt nach wie vor mit dem Fahrrad nach „Futt". Was das für ein Geschäft ist, kommt später. Sie fährt mit dem Fahrrad bis an die Haltestelle und fährt dann mit der Bahn weiter. Rückweg, genauso. Sie würde im Leben keinen Helm tragen. Ich habe lange mit ihr darüber diskutiert.

Sicherheit ja, aber nur bei uns Kindern und Enkelkindern oder bei anderen, aber nicht bei ihr. Auf keinen Fall zieht sie einen Helm an, weil der ihre Haare kaputt macht und sie will ja mit der Bahn fahren und zur Bank und zum Einkaufen. Aber dann gestylt und nicht mit plattgedrückten Haaren nach „Futt!". Obwohl ich mal denke, dass es den Mitarbeitern dieser Lebensmittelkette völlig Wurscht ist, ob Omma da mit gestylten Haaren oder platten Haaren auftaucht und ihre obligatorischen drei Flaschen Altbier fürs Wochenende einkauft. Auf meinen Einwand hin, es könne sie ja auch mal schlimm erwischen, dass sie mit dem Kopf aufschlägt und das eventuell nicht überlebt, sagt sie eben: „Kind, ich fahre seit so vielen Jahren mit dem Rad!" Es hilft nichts ihr zu erklären, dass auch ein anderer Schuld haben kann, sie muss ja nicht einfach so vom Rad fallen.

Aber alles reden hilft nichts, Hauptsache wir erwachsenen Kinder rufen an, wenn wir mit dem Auto nach Hause fahren, dass wir gut angekommen sind. Nebenbei hat sie mir erzählt, dass sie eine Nachbarin hat, die total blöd mit Helm aussieht, wenn sie mit dem Fahrrad vorbeifährt. Ich hab ihr gesagt, dass diese Nachbarin, wahrscheinlich nach einem Unfall, immer noch blöd aussieht und fröhlich an ihrem Fenster mit Helm vorbeifahren kann.

Was sie dann eben nicht mehr könnte, ohne Helm, weil es sie einfach weggehauen hat. Aber sowas passiert ihr nicht, sondern nur anderen. Sie fühlt sich immer noch wie „Superwoman" und das hat sie mir letztens noch gezeigt. Sie hatte sich eine neue Waschmaschine bestellt und als diese geliefert wurde, nahm der Spediteur ihre Alte nicht mit. Wir hatten es beide vergessen, sie und auch ich, sonst hätte ich natürlich einen meiner Männer aktiviert die alte schwere Monsterwaschmaschine aus der zweiten Etage an die Straße zum Sperrmüll zu bringen. Da jetzt kein anderer da war, aber eine Stechkarre vorhanden, habe ich versucht die alte Waschmaschine auf diese Karre zu schieben.

Die Maschine war aber so schwer, das war noch so ein alter Toplader, das es nicht so einfach zu bewerkstelligen war. Da kam „Superwoman" an, bückte sich vor die Maschine, packte sie ganz unten drunter und versuchte doch tatsächlich die Waschmaschine hochzuheben. Mir sind bald die Augen aus dem Kopf gefallen. Ich hab gedacht, das gibt es doch nicht? Ich habe sie von der Maschine wegscheuchen müssen, wie so ein Aasvogel. Natürlich haben wir uns dabei gezankt wie die Kesselflicker. Einen kurzen Moment fiel mir wieder ein, dass wir gerade in diesem Moment durch das Weltall fliegen und wir beide, wie zwei Astronauten den Toplader „schwerelos" auf die Karre hieven und auf die Straße runter schweben.

Aber nein, Schwerelosigkeit gibt's weiter draußen, aber nicht hier im „Wohnen mit Service".

Das ist sowas von blöde. Schwerelosigkeit müsste man kaufen können, wenn man sie braucht. Aber nein, es muss sich ja die ganze Welt auf einmal drehen und losschweben und mit ihr der Toplader, Pingu und ich.

Irgendwie hab ich es dann doch geschafft die Karre drunter zu schieben und mit der Maschine nach hinten gekippt durchs Wohnzimmer und durch die Diele nach draußen zu rollen. Leider stand sie etwas schräg drauf und als ich an der Eingangstür über die Schwelle fuhr, kippte sie einfach nach links und knallte auf den Laubengang. Schwupp, ging rechts eine Türe auf und ein kleines dickes Männlein kam heraus. Das war der neue komische Nachbar meiner Mutter und nicht das „Wettermännchen". Schwupp, und das gleiche nochmal linke Seite. Wobei die alte Dame links, sofort kam und auch eingreifen wollte. Ich dachte schon, jetzt kommen „die Rentnersuperhelden". Nach einander gehen jetzt die Türen auf und ein Superheld nach dem anderen betritt den Laubengang. Auch diese alte Krähe musste ich verscheuchen, währen „Hulk" mit seiner, bis unter die Achseln gezogenen Jeans, lässig an der Tür lehnte und glotzte. Na, den hatte ich aber gefressen.

Nachdem ich die beiden alten Krähen endgültig verscheucht hatte und Hulk immer noch glotze, setzte ich mich demonstrativ aber breit grinsend, auf die umgekippte

Waschmachine, verschränkte die Arme und schaute über das Geländer hinaus auf die Straße. Hulk konnte mit der Situation so mal gar nichts anfangen und stand wie angewurzelt immer noch an seiner Tür. Jetzt hätte dieser Blödmann ja auch mal fragen können, ob er mir irgendwie helfen kann? Aber das tat er nicht und das wollte ich ja überhaupt nicht, denn er war uns ja schon vorher unangenehm aufgefallen und auf gar keinen Fall sollte meine Mutter in seiner Schuld stehen. Ich hab hinterher zu meiner Mutter gesagt, soll der doch machen, was solche Typen immer so machen. Und sie fragte: „Wie jetzt? Was machen die denn?" Da ist mir was ganz böses rausgerutscht und meine Mutter sah plötzlich aus, wie eine grüne Schildkröte die sich verschluckt hatte.

Nachdem Hulk auch endlich verschwunden war, hab ich es tatsächlich geschafft „aus Wut" die Maschine nochmal richtig draufzukriegen und dann sind wir damit sofort in den Fahrstuhl. Das war vielleicht ein Nachmittag, den ich auch nach drei Tagen noch in den Knochen hatte. Ich kam mir vor, als hätte ich drei Testversuche in einer Raumkapsel überlebt und ging auch wie ein Schimpanse.

So, wir waren bei den alten Menschen stehen geblieben. Da diese heute durch unsere medizinische Versorgung alle viel älter werden, muss auch das Bild der alten Menschen völlig neu überdacht werden. Sicher sind die agiler und auch stärker noch als die damaligen Leute. Heute sehen doch schon fünfzig jährige Menschen unverschämt gut aus.

Die Männer, finde ich, die haben etwas an sich, das ich unwiderstehlich finde. Damit meine ich nicht die bis unter die Achsel gezogenen Jeans von Hulk oder weiße Tennissocken in braunen Sandalen. Das erzeugt bei mir einen unheimlichen Brechreiz. Nein, die gepflegten und ordentlich angezogenen älteren Männer. Besonders liebe ich graue Schläfen und Strähnen. Bart hingegen, muss jetzt für mich nicht unbedingt sein, aber riechen müssen die Männer gut. Was waren das noch Zeiten wo die alten Männer noch nach den guten alten und traditionellen Rasierwassern rochen. Da gab es auch noch einige, die so komisch hießen, wo ich als Kind früher immer dachte das wären Hundenamen.

Dabei hat mein Mann auch einen Bart, den er niemals abmachen wird. Einmal nur, habe ich ihn nackt gesehen bzw. ohne Bart gesehen, es waren nur ca. drei Tage, danach war er wieder dran.

Das heißt jetzt nicht, dass er so einen Bart mit Gummibändern in der Schublade liegen hat, den er früh morgens nach dem Zähneputzen wieder dran pappt. Gummibänder hinter die Ohren, Haare drüber und fertig ist der Käpt`n. Aber auch das kann geheimnisvoll sein.

Geheimnisvolle Dosen

Ich stelle mir da gerade Mal so vor, wie ich meinen Mann beobachte, wie er sich früh morgens beim Anziehen, bevor er in die Firma fährt, stylt. Er greift in die Schublade, holt seinen Bart mit den Gummibändern raus, er greift wieder in die Schublade, holt einen weißen Karton raus, öffnet ihn vorsichtig und holt eine „Pappnase mit Schnäuzer" raus – zieht sie auch noch an. Dann greift er wieder in die Schublade, holt eine hellblaue kleine Plastikdose raus, öffnet sie... und holt seine Zähne raus...und so geht das immer weiter. Wir können das jetzt so weiterspinnen, bis wir an die grüne Dose kommen, wo er sein Glasauge drin hat. Jetzt find ich das aber nicht mehr schön. Trotzdem bleibt da noch eine größere gebogene gelbe Dose in der Schublade liegen, die geheimnisvolle Dose der Pandora. Was da wohl drin sein mag bzw. welches Körperteil da drin liegen könnte? Ich weiß es nicht und ihr werdet es auch nicht erfahren. Oder, vielleicht doch, das überlege ich mir noch während ich an diesem Buch schreibe.

Ein bisschen Spaß muss schließlich sein und man sollte auch immer geheimnisvoll bleiben, egal ob für den Partner oder für den Leser.

Dazu gehören zweifelsohne geheimnisvolle Dosen und Schachteln in den Nachtkonsolen.

Wobei mir gerade einfällt, dass ich als Kind sehr gerne alleine im Schlafzimmer meiner Großeltern gespielt habe. Das war so eine richtig große Altbauwohnung mit ganz hohen Decken. Die Gardinen waren riesig und kamen mir immer vor, wie im Kino. Diese riesengroßen dicken Vorhänge, wo man sich so toll hinter verstecken konnte. Das Fenster war sehr hoch und riesengroß und mehrfach mit weißen Streben unterteilt. Die breite Fensterbank aus schwerem Marmor, unerreichbar hoch. Dort auf der Fensterbank ein kleines Kissen. Da lag meine Oma mit verschränkten Armen immer drauf und schaute oft auf die Straße, wenn wir Kinder dort spielten oder wenn wir von der Schule kamen. Für mich war es wie in einem Palast von 1001 Nacht. Ich war sowieso eine Prinzessin und da in diesem Schlafzimmer eine wundervolle Spiegelkommode stand mit einer Glasplatte bedeckt, konnte ich mein Prinzessinnendasein prima ausbauen. Auf der Kommode bzw. auf der Glasplatte standen weitere schön geformte Glasbehälter mit umhäkelten, pastellfarbenen Gummizerstäubern. Da war immer Parfüm drin.

Dann stand dort eine Glasschale und da lagen Kamm und Bürste. Im Schrank selber, waren viele Schachteln und allerlei Krimskrams, all das was man als Prinzessin so benötigt.

Der Spiegel war übrigens dreiteilig, so dass ich mich von allen Seiten bewundern konnte.

Doch auch die Nachttischschublade meines Opas war für mich sehr reizvoll. Ich hatte darin, zwischen den säuberlich gebügelten Stofftaschentüchern, eine kleine Kiste mit weißen Kugeln gefunden. Das war die Lottozahlenbox. Damit hat er wohl damals die Gewinnzahlen ermitteln wollen. Hat aber wohl nicht geklappt. Auf jeden Fall gab es da noch eine geheimnisvolle Schachtel. Ich habe sie natürlich aufgemacht, denn damals schon war ich immer hinter geheimnisvollen Dingen her und man konnte ja nie wissen, was da zum Vorschein kam. Gold, Silber, Edelsteine oder vielleicht auch irgendwelche Münzen?! Es war sehr spannend an dem Tag, als ich mich an diese Schachtel ran wagte. Ich muss noch erwähnen, dass ich in einem Alter von ca. 5 Jahren tatsächlich angenommen hatte, unsere Vorfahren wären alle Könige gewesen. Das kam nicht durch den Eindruck der riesigen Altbauwohnung mit den furchtbar hohen Zimmern und schweren Vorhängen, das kam auch dadurch, dass meine Familie d.h. alle Onkel, alle Tanten sich oft zum Wochenende bei meiner Oma trafen um etwas zu feiern und auch um Karten zu spielen. Als Kind habe ich dann immer gehört, das es bei diesem Spiel um König, Dame, Bube etc. ging und dort auch immer „Pik" erwähnt wurde.

Jetzt habe ich das als Kind irgendwie mit dem Nachnamen meiner Großeltern zusammengebracht, denn sie hießen „Pick". Für mich war seit dem klar, dass wir adelig sind und meine Oma eine Königin sein musste. Zumal Tante Clara, ihre Schwester, im Seitentrakt eines Schlosses wohnte, da wo in der Küche das große Loch im Boden war. Dabei hatte ich hier auch immer angenommen, dass das in der Sahara wäre.

Zurück zu dieser Schachtel, die ich an jenem Tag öffnete. Mir war noch nicht klar, welcher Schatz sich darin befand. Vorsichtig zog ich den Deckel ab. Da war so ein weiches helles Tüchlein wo etwas eingewickelt war. Vorsichtig wickelte ich es auseinander. Da war etwas rosafarbenes, ich wickelte weiter und dann kam etwas milchig Durchsichtiges zum Vorschein. Ich konnte erst überhaupt nicht einordnen, was ich da sah. Es war das Gebiss meines Opas. Das war so beeindruckend, dass ich es bis heute nicht vergessen konnte. Da saß Opa im Wohnzimmer und seine Zähne lagen im Schlafzimmer. Das alleine war für mich in diesem Alter unvorstellbar. Wie konnte das bloß sein? Ich bin seit diesem Tag, immer wieder in das Schlafzimmer geschlichen und an diese Dose ran um nur mal drauf zugucken.

Das war so, wie bei einem Autounfall, alle finden es schrecklich, aber man kann den Blick nicht abwenden.

Ich hätte mir diese Zähne so gerne mal genauer angeguckt, aber ich hab mich nicht getraut es auch nur mit einem Finger zu berühren. Immer, wenn ich gerade den Finger ausstrecken wollte, sah ich in meiner Fantasie, das Gebiss zuschnappen. So klappte ich die Dose schnell wieder zu und selbst das Zuklappen der Dose, brachte mir einen großen Schauer und mächtige Gänsehaut auf den Armen. Das war für mich so gruselig und unbegreiflich. So unbegreiflich wie das Weltall. Seit diesem Tag bringe ich auch Lottozahlen immer mit dem Gebiss in Verbindung. Wenn ich an

Lotto denke, fällt mir das Gebiss vom Opa ein und umgedreht. So geht Lottospielen ohne Zähne für mich jetzt nicht mehr. Das ist in meinem Gehirn eingebrannt und gehört für immer und ewig zusammen. Wie ein falsches Memoryspiel, wo man Lottokugeln aufdeckt und die dazugehörige Karte „die mit dem grinsenden Gebiss" erscheint.

Aber es gab noch ein anderes Geheimnis und das war auf dem langen Balkon. Der war bestimmt 20 Meter lang und ging an allen Fenstern der Wohnung vorbei. Auf der letzten Fensterbank standen drei kleine graue Kartons mit Tesafilm zugeklebt.

Die fand ich auch so spannend, traute mich aber nicht ran. Ich hatte meine Oma gefragt, die mir sagte, dass da Dinge vom Opa drin sind und ich solle da bloß *nicht* drangehen. Tja, das war ja schon immer mein Zauberwort. Mir durfte man das Wort *„nicht"* zu oft sagen, denn das hat mich unheimlich animiert, es doch zu tun und hat mir keine Ruhe gelassen. Das ist wie mit der verschlossenen Tür. Ich musste den Dingen auf den Grund gehen. Wenn das Wetter gut war, spielte ich da draußen und baute mir in der warmen Mittagssonne mein Zelt, in dem ich so gerne Hausaufgaben machte. Am liebsten Mathe und damit mich keiner sah, wie ich ausrastete, hatte ich mir die dicke Wolldecke über die Wäscheleinen gespannt und mich darunter an den Tisch gesetzt. Als es jetzt mal wieder nicht klappen wollte mit dem Zählen, wir haben damals noch mit Obst gezählt, die Kirschen fand ich am besten, alle anderen Obstsorten fand ich blöd. Vor Wut und weil sie so gut schmeckten hatte ich mir jeweils zwei Kirschen an die Ohren gehangen, Ohrringe fand ich damals schon super und die anderen hatte ich aufgegessen. So hatte ich nix mehr zum Rechnen über und das war auch gut so. Wer braucht schon Mathe? Was soll eine Prinzessin mit Mathe anfangen? Die kann doch jemand für sich rechnen lassen, hatte ich damals noch so gedacht.

So habe ich mir so eine Pappschachtel vom Opa in mein Zelt geholt. Als ich den Klebestreifen vorsichtig abmachte fiel aus der Dose so eine Art Mehl oder Späne heraus. Ich öffnete den Deckel und in den Bröseln ringelten sich kleine weiße Würmchen. Da hab ich mich gefragt, was sammelt der Opa da noch alles? Wofür sperrt der die armen Tiere hier ein und habe sie in alle Blumenkästen, die auf dem langen Balkon standen verteilt, bis alle Dosen leer waren. Dann hab ich die Schachteln wieder verklebt und zurückgestellt. Fertig. Toller Nachmittag, Kirschen gegessen und viele Leben gerettet, wo ich nicht mit gerechnet hatte! Mein Opa hatte wohl auch nicht damit gerechnet, dass alle seine Mehlwürmer in den Blumenkästen verschwanden und war dementsprechend erstaunt. So richtig geschimpft hat aber keiner mit mir, wahrscheinlich, weil ich es immer schon mit allen Lebewesen gut gemeint habe.

Zurück zum Thema. Wenn wir heute an die frühere Zeit zurückdenken und kurz zusammenfassen, dann haben die älteren Männer lose Gebisse, große Hüte und lange Mäntel getragen und nach Hundenamen-Aftershave gerochen. Sie hatten weiße Lottokugeln in der Nachtkonsole und Mehlwürmer zum Angeln auf der Fensterbank.

Oft sahen sie aus, wie eine Kopie von Al Capone, dem bestimmt auch alle Hunde hinterher gelaufen sind, wenn der über die Straße ging. Ich nehme aber an, dass der keine Mehlwürmer auf der Fensterbank stehen hatte.

Die Frauen dagegen, sahen mit vierzig Jahren aus, als wären sie schon sechzig.

Irgendwie hatten die noch andere Proportionen, die waren eher kleiner und untersetzt. Bei den Kleidern fingen die ersten Abnäher direkt unter der Brust an und die Röcke hatten auch diesen „High Waist"-Stil. Dadurch sahen die Frauen, die nicht so schlank waren immer irgendwie schwanger aus, oder sie waren immer schwanger. Sie hatten ja ohnehin mehr Kinder als wir heute. Fünf oder sogar sieben Kinder waren normal. Die hatten doch Krieg, es war kalt und dunkel, da wurde halt mehr gekuschelt.

Sicherlich lag das an der mangelnden Verhütung, den selbstgeklöppelten Kondomen und auch die Pille gab es noch nicht.

Sicherlich waren auch diese Frauen mit ihren Körpern nicht immer wirklich zufrieden. Aber damals wurde an Strom gespart und das Licht war eben aus. Da waren die Falten auch verschwunden.

Operationen

Nicht jeder war so eitel und nicht jeder hatte damals so viel Geld und den Mut sich einer Operation zu unterziehen. Es gab aber, wohl vor tausenden von Jahren schon die ersten Schönheitsoperationen in Ägypten und auch in Indien.

Dass die Ägypter einen Schönheitssinn besaßen, wissen wir seit Cleopatra und der Einbalsamierungen, die ein faltenfreies Erwachen ermöglichen sollten. Die waren ja auch schon sensationell. Die erste wohl wirkliche Schönheits-operation fand wohl im 16. Jahrhundert statt. Dabei ging es bestimmt mehr um Wiederherstellung von Kriegsverletzungen als um Schönheit. Ein Italiener wagte die erste Nasenkorrektur bzw. eine Rekonstruktion. Ich hoffe mal, das hat er an einem Toten geübt, denn wir wissen, richtige Narkosen gab es erst seit dem 18. Jahrhundert. Vorher wurde mit Pflanzen-stoffen herumexperimentiert, eine Art mit Pflanzenextrakt getränktes Schwämmchen, welches vor Mund und Nase gehalten wurde – leider oft zum Schaden des Patienten. Im Jahr 1846 gelang W. Morton die erste Narkose mit Äther. Ein Jahr später ging es in den Forschungen auch mit Chloroform los.

Da können wir heute nur sagen „Gott sei Dank!"

Da jede Operation auch ein Risiko in sich birgt, sollte man es sich drei Mal überlegen, ob man es wirklich machen soll. Natürlich gilt immer die medizinische Seite im Auge zu behalten. Operationen können nun mal Leben retten.

Jetzt gibt es auch immer noch diese glücklichen Frauen, die das alles nicht nötig haben.

Die haben einfach ein gutes Bindegewebe von Natur aus, die aber auch nicht zufrieden sind, weil dann wieder etwas anderes nicht stimmt. Fakt ist, jeder hat seine Schwachstellen. Und nur um das mal festzuhalten. Wer jetzt total Glück mit seinem Körper und Bindegewebe hatte, der ist halt irgendwie „blöd!" Da muss doch irgendetwas sein? Das ist doch immer so. Wie oft habe ich das schon in meinem Leben von irgendeiner Frau gehört, wenn sie eine andere hübsche Frau beobachtet hat. „Das geht ja gar nicht, einfach mal schön und schlau zu sein!" Irgendeinen Haken muss es doch geben? Ist sie schön, kann sie nur blöd sein! Basta! Das gibt denen, die das vermuten, wohl ein unheimlich gutes und mächtiges Gefühl. Dabei sind wir doch alle gleich, irgendwie blöd und unheimlich schön. Kurz gesagt: „Schön blöd!" Und ein Haken ist auch immer dran!

Mit dem Alter bin ich noch nicht fertig, da muss ich mir einfach mal ein paar Seiten mehr runter schreiben. Viele fragen sich, wenn man jetzt Ende Vierzig ist, muss man da unbedingt einen ganz glatten Bauch haben? Ich finde, dass sollte jeder selbst wissen, jeder so, wie er damit zurecht kommt. Es ist natürlich wundervoll, wenn der Körper noch gut in Schuss ist. Mich stört irgendwie mein Bauch auch ab und an und die Schwangerschaftssteifen, aber ich würde mich deswegen nicht operieren lassen.

Wenn was schief geht, hab ich überhaupt gar keinen Spaß mehr. Vorbei das schöne im Garten sitzen mit einem Glas Rotwein. Vorbei, einfach alles was Spaß macht.

Wenn ich meine Oberschenkelinnenseiten im Spiegel anschaue, dann erinnert mich dass an die Safarifilme von früher, genauer gesagt an die Sendungen „Serengeti soll leben o.ä." oder wie die alle hießen? Die Elefanten dort haben hinten am Po auch so ausgesehen. Vom Po ab, hatten die solchen komischen Falten. Leider erinnert mich das etwas daran.

Da hilft kein Sport, das ist einfach Veranlagung. Mein Mann, der weiß wie alt ich bin und wie es mit meinem Bindegewebe aussieht. Er sieht ja auch nicht mehr aus wie ein junger Mann. Das hat „untenrum" auch so was von Serengeti bzw. mehr „vorne rum". Außerdem hat er ja noch seinen Gummibandbart und seine schönen grauen Schläfen und die „geheimnisvolle Tupperdose!".

Man sieht das schon, wenn man altert. Und warum soll man das nicht dürfen, so alt auszusehen, wie man ist? Mumien, die ganz prima konserviert wurden und nicht so dolle gealtert sind, sehen die jetzt „gut" aus? Ich finde, man sieht doch, wenn etwas alt aussieht und eine Mumie kann nun mal nicht frisch aussehen, egal wie viel Balsam die da drupp geschmiert haben.

Und ehrlich gesagt, manchmal fühlt man sich topfit und dann wieder wie eine Mumie.

Festzustellen wäre hier: „Es ist eine Sache der inneren Stärke!"

Vor Jahren noch, habe ich gesagt, dass ich mir meine Besenreiser an den Oberschenkeln nicht wegmachen lasse. Jetzt gehe ich aber immer noch so gerne schwimmen. Da habe ich immer so ein Gefühl wie in meiner Kindheit. Sobald ich in das Schwimmbad reingehe und das Chlor rieche, dann fühle ich mich in meine Kindheit und Jugend versetzt. Das Gleiche ist, wenn ich in eine Turnhalle komme, da könnte ich so losflitzen, aber das geht nur in meinem Kopf ab, mein Körper will sich lieber irgendwo hinsetzen.

Mein Körper merkt auch vom Schwimmbad nix – der strengt sich auch nicht mehr großartig an mal glatt zu sein. Die Besenreiser grinsen mich frech von den Oberschenkeln aus an. Irgendwann letzten Sommer, als ich fast täglich ins Freibad ging, dachte ich mir, jetzt ist Schluss mit den roten Dingern, ich lasse sie mir veröden. Jetzt im Frühjahr war ich auch beim Hautarzt und es sieht jetzt nicht gerade besser aus. Man sieht sie noch mehr als vorher, aber ich soll warten, meinte der Arzt, das braucht Zeit, das muss jetzt erst mal wieder verblassen und die aufgelösten Blutgerinnsel und -gebramsel vom Körper ausgeschieden werden.

Nichts desto trotz, waren wir zuletzt im Kurzurlaub wieder in einem schönen Wellnessbad. Die Leute hatten sich dort schön in die Ruhezonen gelegt, das Wasser plätscherte friedvoll vor sich hin.

Es gab mehrere unterteilte Wasserzonen bzw. Wasserbereiche mit verschiedenen Wassertiefen. Lustig sprudelten, in einer Zone, in der Mitte die brodelnden Fontänen. Auf einer Fontäne saß fröhlich grinsend eine ältere Dame mit Blumenbadekappe. Sie glich einer alternden schrumpeligen Wassernixe, die sich die Luftblasen in die Futt blubbern ließ, daher auch wahrscheinlich das wohlige Grinsen. Sie machte keinerlei Anstalten diesen Bereich jemals wieder zu verlassen.

Alle Gäste dieses Bades waren zufrieden und ließen es ruhig angehen. Es war etwas Gemurmel zu hören, die Leute unterhielten sich gemächlich und einige saßen auf ihren Liegen und tranken eine Tasse Kaffee. Nun sind wir ja alle durch die schlimmen Vorkommnisse, die in der Welt zuletzt passiert sind, irgendwie sensibilisiert.

Man denkt an nichts Böses und doch, plötzlich und unerwartet, ein ohrenbetäubender Knall. Scharf wie ein Geschoß, laut und hallend, jeder schaut ängstlich zu jedem und im Bad herum. Totenstille plötzlich. Einige der Badegäste schnappen schon ihre Handtücher, laufen Richtung Ausgang. Alles läuft durcheinander. Wir sind hingegen im Wasser – ich beobachte immer noch die grinsende Schrumpelnixe.

Sie grinst weiter, jetzt auch in Richtung meines Mannes. Der taucht vor Schreck schnell unter. Ich gucke immer noch Richtung „Schrumpeldi" und dann sehe ich wie sie sich, mit einer ernsten Miene, von ihrem blubbernden Wasserpilz rutschen lässt.

Sie geht im Wasser mit großen Schritten, hinter so eine gekachelte Wand, an deren Außenseite ein weiterer Gang mit Strömung schlängelt.

Genau in dieser uneinsichtigen Zone, steht ein ca. 15 jähriger, mongoloider Junge mit seiner blauen Wassernudel.

Und es knallt zum zweiten Mal, laut und hallend durch das Schwimmbad. Der Junge schaut böse und traurig zugleich. Er hatte seine Wassernudel mit aller Kraft, auf das Wasser geschlagen, weil seine Mutter ihn einfach dort stehen ließ.

Ich hatte den Jungen vorher schon einmal kurz gesehen, ohne seine blaue Wasser-nudel, da schaukelte er stehend im Kinderbecken hin und her, während die alte Wassernixe, nix besseres zu tun hatte, als sich um ihr persönliches Wohlergehen zu kümmern. Jetzt packt sie ihn grob an das

Handgelenk und er wackelt mit der Nudel hinter her.

Es war irgendwie eine skurrile Situation und hatte deshalb auch eine gewisse Komik. Leider aber auch etwas Trauriges. Der Junge tat mir einfach leid. Wenn man so ein Kind hat, muss man sich ja noch mehr kümmern als um ein gesundes Kind. Im Allgemeinen waren wir alle froh, dass es keine Terroristen waren, die das Wellnessbad unter Kontrolle bringen wollten, sondern ein armer Junge, der sich nur mal bemerkbar machen wollte, der Aufmerksamkeit brauchte.

Am liebsten hätte ich der Schrumpeldi, die blaue Wassernudel mal richtig über den Kopf gezogen, damit sie da oben in der geblümten Gummihaube, noch mal was merkt.

Wie man mal wieder sieht, begegnen einem überall solche komischen Menschen und ich habe schon öfter das Gefühl, da mal draufzukoppen oder die mal zu rütteln. Selbstverständlich mache ich sowas nicht, aber mir ist manchmal so danach. In dem ich es aufschreibe, verschwindet auch die Wut.

Abgesehen davon, kann ich auch nicht alle bekehren. Man kann nicht allen helfen, das ist mir jetzt im Alter auch sehr bewusst geworden. Früher als junger Mensch, dachte man noch, man kann die ganze Welt anhalten, verändern, ach was man alles dachte, was man machen könnte oder zu was man im Stande wäre.

Man muss dann recht schnell feststellen, dass es nicht so einfach ist. Helfen, das ist schon gar nicht einfach. Oft sträuben sich die Menschen, sich helfen zu lassen.

Wie oft habe ich früher alte Omas über die Straße gebracht, die gar nicht rüber wollten? Ich habe mal einen „streunenden alten Hund" wieder nach Hause gebracht, der wollte unbedingt in dieses Haus. Der gehörte da aber gar nicht hin? Der ging immer alleine spazieren, der wusste genau wo er wohnt. Der hat mich glatt verarscht.

Wie viele Männer wollte ich ändern, die sind auch alle weggelaufen.

Elefantengeschirre

Manchmal sehen wir Menschen, die sehen so toll und komplett gut angezogen aus, aber wenn man sie auszieht, dann eben nicht mehr. Das ist zwar schade, aber das ist so. Aber wenn man das Licht ausmacht oder eine Decke drüber legt, ist es auch weg. Wären sie aber sehr schön, wären sie blöd, wie wir es eben festgestellt haben. Es geht aber noch besser, wenn wir den Menschen direkt in zwei Hälften zerteilen.

Mein Kopf, (außen rum, sozusagen meine Karosserie) die finde ich eigentlich noch ganz o.k. - das Kinn könnte straffer sein, aber deswegen fotografiere ich mich immer selbst mit dem Handy und nur noch mit dem Kopf nach vorne gestreckt und in gebeugter Körperhaltung. Das sieht komisch aus, funktioniert auf dem Foto aber hervorragend. Ich ziehe mir damit die Falten am Dekolleté glatt. Das ist zwar auch anstrengend, weil meine Arme nicht so lang sind, aber das ist es mir Wert. Wäre ich ein Gibbon, wär das jetzt kein Problem für mich. Da ich aber nur ein kleines Äffchen bin mit kurzen Armen, muss das jetzt aber auch mal so gehen.

Ganzkörperfotos klappen am besten an der Treppe mit Selbstauslöser. Wenn ich dünner wirken möchte, stelle ich mich einfach zur Hälfte an die Türzarge.

Wichtig ist eigentlich nur, dass man schön guckt und fröhlich ist und nur die Teile vor die Kamera hält, die noch gut aussehen.

Untenrum, bei mir "Serengeti", obenrum super Erzgebirge, die beiden: "Kupferhübel und Wirbelstein", sind immer noch gut in Form. Sie sind definitiv zu groß für mich, da ich nur sehr kleine Füße habe, zieht es mich arg nach vorne. Wie schon gesagt, eben „kleines Äffchen". Na ja...und so ein bisschen rutscht das Gebirge schon zum Tal herunter. Aber, da ich ja sowieso die Hälfte meiner Lebenszeit in der Küche verbringe, kann ich mich dort an der Küchenplatte gut abstützen.

Aber wofür gibt's denn eigentlich auch super Büstenhalter? Die mit den breiten Trägern, die so unheimlich „sexy" aussehen, als hätte ein Irrer einem eine viel zu kleine Zwangsjacke angelegt.

Die sind doch klasse, nach einem Tag in dieser Enge, fängt man abends auf dem Sofa an zu hecheln wie ein Hund.

An einer Stelle am Rücken habe ich so eine Stelle davon bekommen, die juckt wie Bolle, wenn ich mich aus der Zwangsjacke befreie. Weil mein Mann es leid war, mir abends immer nur den Rücken zu Schubbern, habe ich mir ein „Kratzehändchen" gekauft. Das müsste m.E. aber viel größer sein. Das juckt aber an dieser Stelle auch bestialisch. Würde nur alles so jucken wie diese eine Stelle.

Aber ehrlich, wenn ich meinen BH abends ausziehe und an den Haken hinter die Schlafzimmertüre hänge, denk ich manchmal, das könnte auch die Stalltüre vom Berliner Zoo sein, wo die Elefantengeschirre abgehängt werden.

Und janz wichtig: „Man sollte es auch tunlichst vermeiden, sich von seinem eigenen Mann fotografieren zu lassen. Das wird nie was. Denen ist es völlig Wurscht, wie man auf dem Foto aussieht - die lieben einen tatsächlich so wie man ist!"

Ich glaube, die gucken noch nicht mal durch den Auslöser, die drücken einfach nur in die Richtung ab. Egal ob man den Mund auf hat, gerade sabbert, die Augen zu oder den Bauch vorschiebt, egal, "einfach druffhalten und abschießen die Alte!"

Na ja, und wie schon gesagt, es kommt immer noch auf die eigene Einstellung an. Man sollte mit dem Alter auch einfach mal zufriedener und gelassener werden. Man darf ruhig mal über sich selbst lachen. Man muss sich für niemanden auf der Welt verbiegen, das wäre auch viel zu anstrengend. Kein Mensch muss in seinem „Mittelalter" nicht mehr so aussehen wie ein zwanzig jähriger Hüpfer. Das dürfen und können wir auch denen ruhig überlassen, die jetzt wirklich gerade jung sind.

Die sollen und dürfen sich auch so fühlen. Es ist so fantastisch jung zu sein, Sachen anzuziehen, die man später eben nicht mehr anziehen kann. Man sollte es genießen und sich nicht immer selber runter machen, ob über einen abgebrochenen Fingernagel jammern, über dünne Haare, oder zu kleine Brüste, oder wabbeligen Bauch. Schlimm wird es erst, wenn man alles davon hat, dann sollte man etwas dagegen unternehmen und Baustelle für Baustelle angehen. Keiner muss perfekt sein, aber ordentlich und gepflegt kann man durchaus von einem gesunden Menschen erwarten.

Erst vor ein paar Jahren, habe ich mir mal Gedanken über meine wirkliche BH-Größe gemacht. Ich habe „gefühlt" Jahrzehnte das gleiche BH-Modell getragen, ohne mal etwas zu ändern oder mal nachzumessen.

Das hat mich nie wirklich interessiert. Hauptsache, die Dinger passten da rein und er hielt alles was zu halten war und sah einigermaßen gut aus. Zugegeben bin ich jetzt auch nicht die kleine Schwester von „Adam Riese". Der Mann der übrigens vor 500 Jahren lebte und eigentlich Adam Ries hieß und ein Rechenmeister war.

Herausgekommen war meine richtige BH-Größe an dem Tag, wo ich nach einer Brust-OP die Nachsorge hatte und eine Dame mit einem Maßband auf meinem Zimmer erschien. Ich hatte immer so eine blöde Stelle in der Brust, die fies weh tat und zwar immer dann, wenn mein Mann mich mal fest in den Arm nehmen wollte. Ich habe immer sofort meine Arme vor der Brust verschränkt, weil ich Angst hatte. So war ich dann auch nach der Vorsorge bei meinem Arzt ins Krankenhaus überwiesen worden, wo man in der Brust einen winzig kleinen Lymphknoten entdeckte, den man aber auch nicht gut punktieren konnte, eben – weil der so winzig war. Da mir so auch keiner sagen konnte, was es genau ist und ob sich da evtl. auch Krebs entwickeln kann, hatte ich mich entschieden dieses schmerzende Ding, direkt raus machen zu lassen. Ich hatte erstens Angst vor dieser Punktion und dachte mir, direkt Narkose und raus damit.

Aber am Tag der OP saß ich wie ein Schwein auf der Schlachtbank vor dem Untersuchungszimmer im Krankenhaus. Es musste vorher ein dünner Draht in die Brust bis zum Knoten geschoben werden, damit der Operateur oder der „Lehrling auf der Station", das Ding auch wiederfinden bei der OP. Ich habe gezittert wie Espenlaub und ich hatte noch nie solche Angst. Dann ging die Tür auf und da waren zwei ganz liebe und nette Ärztinnen, die mich aufklärten, wie das nun von statten gehen sollte. Ich hatte die Wahl, bevor der dünne Draht in die Brust geschoben wird, könnte man die Stelle auch noch mit zwei Picksern betäuben.

Dann wären es insgesamt aber drei Pickser. Die Ärztinnen haben mir empfohlen, mich einfach nur auf den Draht einzulassen, also auf den einen Pickser und es würde bestimmt auch nicht so weh tun. So wollte ich auch mal tapfer sein und ließ es „ohne Betäubung" machen. Die eine Ärztin hielt den Ultraschallknopf über der Brust, da wo der Knoten saß und die andere Ärztin visierte die Einstichstelle mit dem Draht an. Auf dem

Monitor konnte man dann den Weg vom Draht bis zum Knötchen verfolgen. Sie pickte mit dem Draht in die weiche Haut seitlich und der Draht ging rein, wie Schmitz Katze – total easy, ohne dass ich einen Schmerz spürte, aber auch rein gar nichts, schob sie den Draht bis zum Zentrum vor.

Ich war so verwundert, dass es so einfach war?! Schon war alles mit Ultraschall überprüft, ob der Draht auch richtig saß. Pflaster drauf und fertig. Ich durfte wieder auf mein Zimmer gehen, bekam dann die LMA-Tablette und wartete fröhlich bis ich ins OP abgeholt wurde. Die OP verlief gut, nur hatte ich überhaupt keine Lust aus der Narkose wach zu werden.

Das hat die Schwestern dort schon Nerven gekostet, mich wieder wach zu bekommen. Atmen, wird auch völlig überbewertet, Ich hatte einfach keine Lust zu atmen und wollte nur, dass die mich in Ruhe träumen lassen. Immer wieder wurde ich gerüttelt und man rief: „Atmen nicht vergessen, hallo, atmen sie mal tief durch!" Nö, ich ging derweil in unserem Garten spazieren und schaute mir die Hortensien an. Das habe ich denen auch erzählt und später hat der Narkosearzt mich noch einmal besucht und gesagt: „Wenn alle so schön träumen würden wie Sie!"

Hoffentlich hatte ich denen auch „nur" von unserem Garten erzählt?! Dabei konnte ich mich noch vor der Operation erinnern, dass ich der OP-Schwester genau aufgezählt habe, wie viel Steckdosen und Schalter wir in den einzelnen Zimmern in unserem Häuschen haben. Wahrscheinlich, weil ich auf der Bahre lag und oben an der Wand war so ein Rastergitter mit einem Schalter. Das hat mich in meinem LMA-Zustand so begeistert, dass ich nur noch von Lichtschalter und Steckdosen redete.

Aber in echt, hat Käpt`n Haken tatsächlich sehr viele Steckdosen und Schalter eingebaut.

Dann nach der OP, die bei mir an der Brust eine riesige Narbe hinterließ, wo ich mich echt gewundert habe, wieso man für einen so winzigen Knoten die halbe Brust aufschneiden muss? Oder hat man da doch, wie schon vermutet, mal den Lehrling rangelassen? Auf jeden Fall fiel mir immer, beim Blick in den Spiegel der Satz ein: „Warum näht man rote Monster mit grünem Garn?!" Fakt war wohl, da es eine große Brust war, kam man, trotz, Draht, nicht so richtig an das Ding ran und dementsprechend groß wurde dann der Einschnitt gemacht. Basta! Ist mir auch völlig

Wurscht, Hauptsache es war nichts Bösartiges. So kam dann ein paar Tage später diese Dame in mein Zimmer, die mir ein schönes, von der Kasse gesponsertes Elefanten-Geschirr verpassen wollte.

Sie ging mit riesengroßen Schritten erst mal zum Fenster, schaute auf gegenüber, da wo auch noch eine große Klinik war und einige Männer mit einseitigen Augenklappen auf den Balkonen standen und rauchten und zog auf beiden Seiten die Gardine ganz zu. Ich hab die angeguckt wie ein Auto. Das andere Gebäude war so weit weg.

Man konnte die Männer mit zwei Augen auf den Balkonen zwar noch gut erkennen, aber die konnten ja jeweils nur halbwegs gucken, also, was sollten die dann hier sehen?

Ich sagte ihr auch, für mich müssen sie die Gardinen gar nicht zuziehen.

Sie drehte sich um zog sie wieder auf und sagte erstaunt: „Und wieso nicht, hier schaut doch jeder rein, aber wenn sie nicht wollen?" Und ich zeigte nur auf das große gut leserliche Schild der gegenüberliegenden Augenklinik!" Sie lächelte etwas eigenartig. Ich drehte mich mit dem Rücken zum Fenster, um den Einäugigen jetzt komplett ihr „Zyklopen-Sex-Kino" zu versauen. „Die Armen!" Auf jeden Fall nahm sie dann Maß und daher wusste ich jetzt genau, welche BH Größe mir passen würde.

BH Größen

Also, war nun auch das Geheimnis der Unterbrustweite gelüftet. Es wird also mit dem Maßband unter der Brust gemessen und die Cup-Größe genau über der Brustspitze. Wie man nun daraus auf die Buchstaben kommt, wusste ich bisher auch nicht, aber das habe ich später alles schön im Internet nachgelesen. So habe ich eine Seite gefunden, wo man seine ermittelten Maße eingeben kann und dort bekommt man seine genaue BH-Größe genannt.

So kam dann nach Jahren bei mir etwas Unheimliches raus, ich hab das erst gar nicht glauben wollen, dass mein Cup so weit hinten im Alphabet liegt. Ich kannte bisher nur A, B, C, D, doppel D und E. Wobei das „E" für mich immer für „Elefantengeschirre" stand. Jetzt kann ich nur vermuten: „A" steht für Affe, „B" für Birne, „C" für Apfelsine (Vitamin C), und „D" für Dick – und „doppel D" na klar, für „Doppeldick", „E" ganz simpel für Extra. Es gibt da auch noch „AA" – für ganz kleine Äffchen bzw. Körbchen. Ich habe jetzt den Buchstaben „G" erreicht – der für die wunderschöne Oberweite „Gigantisch" steht. Scheint aber irgendwie doch nicht ganz zu stimmen, da passt jetzt mein ganzer Oberkörper mit rein. Abgesehen davon würde ich mit solchen Monstertüten nach vorne kippen, bei einer Schuhgröße von 37.

Im englischen stehen diese Buchstaben wahrscheinlich für: „A" wie Appelpie, „B" = Birmingham, „C" = Champagne, „D" = Double Dick, usw.

Ich hätte im Leben nie gedacht, dass es da mit den Buchstaben noch weiter geht und was die so bedeuten?! Ehrlich gesagt, da finde ich das Flieger-Alphabet wesentlich interessanter und es hört sich auch noch besser an. Nach dem Flieger-Alphabet hätte ich dann die BH-Größe „ 95 Golf".

In jungen Jahren war das noch „75 Charly". Und das hört sich definitiv nach einem Schimpansen an.

Die gängigsten Größen sind demnach „70 Alpha, 75 Charly oder 85 Foxtrott und 90 Delta" Wenn man jetzt bei „100 Tango, Whisky oder Zulu" angekommen ist, geht's schon echt in Richtung Elefantengeschirre. Hört sich aber besser an, finde ich.

Nun habe ich es selbst festgestellt in all den vielen Jahren. Es stimmt auch nicht, dass alle Männer nur auf große Brüste stehen. Einige Männer haben Angst davor. Vielleicht ist denen so eine große Brust beim Trinken auf den Kopf gefallen, so was kann passieren, da muss man halt als Mutter ein bisschen aufpassen. Deshalb hauen diese Männer ganz schnell ab, wenn sie eine Frau mit großen Hupen sehen. Die haben dann vielleicht noch ein Trauma aus ihrer Kindheit?! Die anderen haben wahrscheinlich ein großes Defizit in ihrer Kindheit erlebt und sind nur mit der Flasche groß geworden. Deswegen hat sich jetzt der Wunsch nach großen Brüsten und einer Flasche Bier verselbständigt. Viele Männer finden nämlich kleine feste Brüste viel schöner. Ich fand meine, wie schon gesagt, immer viel zu groß und zu schwer. An manchen Abenden hätte ich gerne einen Stahlhaken oben im Wohnzimmer in der Decke gehabt, wo ich mich von dem Sofa aus mit dem BH hätte einhaken können - damit mal endlich diese Schwere von mir geht.

Ehrlich gesagt, hab ich als Kind schon immer gerne an den langen Seilen „in Froschhaltung mit Kopf nach unten" von der Turnhallendecke gebaumelt.

Davon konnte ich nicht genug kriegen und meine Sportlehrer mussten mich oft einfangen. Das wäre jetzt schön, wenn ich mal wieder unbeschwert im eigenen Wohnzimmer rumbaumeln könnte. Sähe wahrscheinlich ein bisschen eigenartig aus und wenn das ein Nachbar sehen würde, hätten die gleich den Verdacht, das Käpt'n Haken und ich, den vom Baumarkt gesponserten Film: „Fifty Shades of Grey" nachspielen.

Aber mein Mann hatte nie so einen großen Haken (hahaha – das hört sich jetzt aber gut an!) und wenn, den hätte er nie über meinem Sofa angebracht, weil das nicht symmetrisch genug wäre. Bitte stellt Euch das mal genau so vor! Er muss immer alles gleich hoch und von der Menge her stimmig hängen, ob Bilder, Nägel oder Haken. Aber dazu später mehr. Bleiben wir doch noch ein bisschen bei Konfektionsgrößen.

Die kompletten Konfektionsgrößen haben sich doch in den vielen Jahren verschoben. Oder meint man das nur, weil sich das eigene Gewicht verschoben hat und man es eigentlich nicht glauben will?

Für mich früher als Teenager mit knapp 48 kg bei einer Größe von 164 cm war die Größe 42 meiner Tanten schon unheimlich riesig. Ich habe mir aber damals nie große Gedanken um die Konfektionsgrößen meiner Familie gemacht.

Für mich sahen die Leute entweder gut oder schlecht aus, mehr aber auch nicht. Später als ich in die Lehre ging und das war bei einem altansässigen Damen- und Herrenausstatter, der u.a. auch „Bügelfreie Totenhemden" verkaufte, wurde mir das mit den Konfektionsgrößen klar. Es hat bei mir doch tatsächlich manchmal etwas länger gedauert bis es oben ankam. Ich glaube aber, da ich jetzt selbst Mutter bin und Teenager gut kenne, steht da mal öfter einer auf der Leitung. Das kann jetzt nicht nur bei mir so gewesen sein.

Deshalb kann ich auch meine Kinder so gut verstehen und mit ihnen fühlen, weil ich selbst so eine Drödelblume war. Man muss echt erst älter werden um den Dingen auf die Spur zu kommen.

Auf jeden Fall waren für mich die Größen 44 und 46 riesig. Damit hätte ich mir als Kind im Garten ein Zelt gebaut und hätte wunderbar im Schatten gesessen. Mit dem Alter hat sich auch das relativiert in jeglicher Hinsicht.

Auf jeden Fall sollte ich in meiner Lehre Bekleidung verkaufen, von deren Aussehen und Preis ich nicht überzeugt war und das fiel mir verdammt schwer. Mein kleiner Chef kontrollierte uns Lehrlinge immer, ob wir das auch umsetzen, was er uns in der Woche, oben unter dem heißen Dach im Pausenraum, immer erzählte. Ich konnte ihn nie richtig anschauen, weil er so hässlich war und ich fand seine Einstellung auch so fies.

Das wollte ich ihm aber auch irgendwie mitteilen, deswegen war ich damals ziemlich bockig und habe oft desinteressiert zum Fenster rausgeschaut, auf das Dach der Kirche von gegenüber, wo sich die Tauben zum Turteln trafen.

Oder ich pfiff ganz leise vor mich hin ohne den Mund zu bewegen. Das brachte den kleinen Zwerg aber mächtig zum Kochen und es war lustig, weil er zuerst nicht wusste, woher das Pfeifen kam.

So forschte er dann auch nach. Er schlich um uns Lehrlinge herum und kam ganz nah an uns heran um zu horchen.

Ich fand das lustig, bis er mich dann plötzlich anbrüllte, dass mir fast das Hirn rausflog und ich rot wurde. Dann war ich erst mal still, genug „bockig" für heute. Was er uns dann zu sagen hatte, war für mich nur eine Anhäufung von allerlei Blödsinn und zielte nur darauf ab, ahnungslose Käufer zu verarschen und reichlich Kasse damit zu machen.

Nur ein Beispiel: Jede Woche wurden Horden von Holländerinnen mit Bussen in die Stadt gekarrt zum Shoppen. Die stürmten dann den Laden und wir hatten alle reichlich zu tun. Vorher bekamen wir noch die Order: „Alles muss raus, besonders die „alten Hunde" und egal wie es den Leuten steht, Hauptsache die Holländerinnen lassen Kohle da."

Das habe ich nie mitgemacht und mir deswegen eine Menge Ärger eingefahren. Die „alten Hunde" waren sehr teure Cashmere-Pullover, keine aktuellen Modelle, sondern noch „alte Staubfänger" aus den Vorjahren, die in den Regalen im Keller lagen. Auf den Rückseiten der Preisschilder waren winzige rote Klebepunkte angebracht, als Hinweis für den Verkäufer, denn da gab es „Prämie" drauf.

Ich habe den Kunden die Wahrheit gesagt und bekam ordentlich was um die Ohren dafür.

Deutschlands Supermodells

Wo war ich eigentlich stehen geblieben? Ach so, Fakt ist aber, wie gesagt, dass heute die Menschen andere Figuren bekommen haben. Früher sahen die alle so untersetzt aus und gedrungen. Wir sind auch etwas größer geworden und dass wir jetzt Jeansgrößen in Zero haben, finde ich furchtbar und auch die dazugehörigen Körper sind furchtbar. Welcher normale Mensch oder sagen wir mal, welche normal denkende Frau möchte rumlaufen, wie der Suppenkasper von Heinrich Hoffmann? Jeder kennt das Buch, da sieht man sofort das gruselige Bild dazu. Warum sehen die Models alle so hungrig aus? Lasst Euch bloß nicht von denen verscheißern, die sich mit einem Teller Pizza ablichten lassen. Das soll nur so aussehen, als würden die essen. Alles nur Fake. Das sind Papp-Pizzas. Damit wir „Normalsterblichen" denken, guck mal, was kann die alles in sich reinstopfen und ist so dünn!" Ich hab mal einen Bericht gesehen, wo ein Model erzählt hat, dass sie Watte essen würden, um kein Hungergefühl zu bekommen. Wie schrecklich ist das denn? Das kann und muss man nicht mehr verstehen und deshalb soll sich jeder etwas anziehen was gut passt.

Egal welche Nummer drin steht. Das stimmt heute vorne und hinten nicht mehr. Einfach kaufen, wenn es passt mit der Nagelschere die Größe rausschneiden und fertig.

Ich muss noch dazu sagen, Männer wissen von uns Frauen sowieso nix und davon schon mal gar nicht. Nach jahrelanger Geheimhaltung aller Konfektionsgrößenakten in unseren Kleiderschränken ist die männliche Spezie immer noch nicht dahinter gekommen. Kaum ein Ehemann kennt die wirkliche Konfektionsgröße seiner Frau und wenn, dann ist das nur geraten und Glück gehabt. Mit den BH-Größen ist es genauso. Wenn man sie fragt im Geschäft, dann können die das nur anhand ihrer Hände zeigen. Wie 5 jährige, wenn sie nach ihrem Alter gefragt werden.

Die kennen doch noch nicht mal ihre eigene Konfektionsgröße, wie sollen die dann unsere wissen? Außerdem fragen sie mal ihre bessere Hälfte wo Handtücher liegen?! Seit über 30 Jahren beobachte ich dieses Phänomen bei Männern. Mein jetziger Mann und ich leben viele Jahre zusammen, erst seit Ende 2016 weiß er wo seine Schlafanzüge liegen und das die Mal erneuert werden müssten. Komischerweise werden Schlafanzüge immer nur dann mal erneuert, wenn Not am Mann ist, im wahrsten Sinne des Wortes. Erst wenn man plötzlich mal ins Krankenhaus muss, dann kommt die große Inspektion.

Alles muss raus – alles muss neu. Wie kann man denn so, vor den jungen Krankenschwestern im alten grauen loddrigen Schlafanzug rum liegen?!

Für uns Ehefrauen reicht die Ansicht auf diese „Untoten" die, wie in einem Zombiefilm, neben uns im Bett rumröcheln. Für uns ist der gute alte Flanell-Schlafanzug mit Mottenlöchern gut genug. Was auch ganz eklig ist, Männer mit alten muffigen T-Shirts und weißen Tennissocken. Abscheulich ist das. Gott sei Dank hat mein Mann sowas nie getragen. Dann schon lieber Flanell.

Aber wenn man die Männer fragt, wie viel Zoll ihr Fernseher im Wohnzimmer hat, dann kommt das aber wie aus der Kanone geschossen. Oder fragt man nach der Reifengröße oder wie schnell ihr Wagen von Null auf Hundert kommt. Die können die Kilometer von zu Hause bis zum Fußballstadion bis auf den Zentimeter genau angeben, aber die haben keine Ahnung, welche Schuhgröße du hast. Sowas wissen die, unsinniges Zeugs abgespeichert in unrasierten Köpfen. Schicken sie mal einen Mann „Zwiebeln" einkaufen, er kommt bestimmt mit Knoblauch wieder. Na ja, das machen nicht alle. Es gibt auch Männer, die schickt man mit einem Einkaufzettel los, die fressen den unterwegs auf vor Aufregung. Andere verwechseln Gurken mit Zucchini und nicht selten findet man sie bei unserem Lieblingsdiscounter genau in der Mitte wieder, wo all die schönen Angebote liegen, wie Schleifpapier, Säcke für Grünabfälle und so ein Kram.

Eine Freundin hatte ihrem Mann einen Einkaufs-zettel geschrieben und weil sie Tampons und Binden haben wollte, schrieb sie ihm auf den Zettel als Hinweis: „und was für die Muschi!" Wie er dann vom Einkauf zurück kam, hat sie sich schon sehr gewundert, dass er zwei Dosen Katzenfutter mitgebracht hatte, obwohl sie gar keine Katze hatten?! Ich denke, die machen das extra, das sie was falsch mitbringen, damit sie nicht mehr einkaufen müssen. Mein Mann geht gerne samstags vormittags einkaufen und kommt einfach nicht wieder, dann hat er keine Freundin sondern ist in seinem Lieblingsbaumarkt schlendern! Früher bin ich verrückt geworden, wenn ich auf ihn so lange warten musste, heute orte ich ihn mittels Handy oder rufe ihn gleich an, um ihn zu beschimpfen. Früher hatte er immer gleich drei Lieblingsorte: „Aufzug im Büro, Tiefgarage oder Waschanlage!"

Dort war er wie im Bermuda-Dreieck verschollen, unauffindbar und unerreichbar für mich. Als weitere Möglichkeiten, nach diesen drei Orten, gab es als nächstmögliche Ortungsadresse „An der Kasse unseres Lieblingsdiscounters oder Kasse im Baumarkt!" Das mit dem Orten fand er gut, wir orten uns inzwischen alle gegenseitig.

Nur unsere Mietzn läuft immer noch ungeortet im und um das Haus herum oder im Kreis. Vertrauen muss sein, Kontrolle ist besser.

Käpt`n Hakens Baumarkteinlauf

Bei meinem „Käpt'n Haken" ist das noch anders. Er weiß alles, was ich nicht weiß und darüber hinaus und trotzdem weiß der nicht das, was ich weiß. Das wird jetzt zu kompliziert, das muss ich an Hand von Beispielen erklären. Das wird nicht ganz so einfach.

Käpt'n Haken macht die Dinge anders als ich sie machen würde. Dabei muss ich sagen, kann er ja auch alles. Das muss ich aber auch nicht können, denn ich bin ja eine Frau. Ich versuche aber vieles auch zu machen, das kommt noch daher, weil ich ja auch mal alleine gelebt hab. Da hat man nicht immer einen Mann der einem ,nen Nagel in die Wand kloppt. Das macht man dann auch selber. Das kann unter Umständen für einen Fachmann, wie meinen Käpt'n, anstrengend werden, wenn die Frau sich mit diesen Dingen vorher schon mal, auf welch eine Art auch immer, beschäftigt hat. Auch, wenn das völlig falsch war. Das dann wieder in die andere richtige Richtung zu biegen, ist Schwerstarbeit.

Das ist so ähnlich, als würde man einem Mann erklären, wie man die Wäsche richtig sortiert oder faltet und überhaupt in welchen

Schrank räumt. Janz wichtig, wo die Handtücher liegen, wo sie seit 100 Jahren schon liegen, will in deren Birne einfach mal nicht rein!

Das ist ein ganz schwieriges Thema.

Aber auch „ein Meister" macht schon mal Fehler. Dabei hat „Käpt'n Haken" im Badezimmer, wie er gefliest hat evtl. mal zu viel getrunken, da sind ein paar Fliesen schief. Jetzt waren diese aber am nächsten Tag immer noch schief, also hat es nicht an mir und der Sitzposition auf der Toilette gelegen, wie Käpt'n Haken mir erklärte.

Gewundert hatte ich mich auch, warum die Handtuchhaken auf beiden Seiten unten an den Knien hängen unter dem Waschbecken?! Er meinte das wäre symmetrisch, ich vermutete, da wohnen Schlümpfe?! Er hat gerne mal solche tollen Erklärungen die physikalisch oder ergonomisch zu erklären wären um von sich abzulenken.

Seit einigen Monaten baut er eine Garage und Carport. Dieses Jahr geht es weiter. Den „Darkroom" hat er schon fertig. Die Nachbarn haben schon gefragt, was denn das wohl werden wird, wenn es mal fertig ist. Er hat einfach gesagt, er baut ein Schwimmbad. Die Nachbarn haben ganz dicke Augen bekommen.

Er sagt jetzt aber nichts mehr dazu, bevor die hier im nächsten Sommer mit Badetüchern vorm Haus stehen. Die große grüne Plane die er über seine Ausgrabungsstätte gespannt hat, flattert und knistert im Wind. Unsere Miezn geht gerne in ihr Zelt zum kacken und Käpt`n Haken freut sich über die vielen vergrabenen stinkenden Häufchen auf seiner Baustelle.

Im Frühjahr gehen die Ausgrabungen weiter, ich bin gespannt was es denn wird? Nach Garage sieht es noch nicht richtig aus. Aber bis jetzt hat er alles fertig bekommen, es hat nur eben gedauert, weil er ja noch so viel arbeitet und ja auch in seinem Beruf sehr angespannt ist und oft einige Tage in der Woche wegfliegt. Er will auch nicht unbedingt Leute damit beauftragen, denn das Geld verprasst er lieber selber und es ist ja auch sein Hobby, was er da alles so macht.

Er kann, wie schon gesagt, eben alles selbst und er kann fliegen, dass find ich gut. Nicht viel reden, aber fliegen – das ist mal janz wichtig! In lauen Sommernächten fliegt er gerne mal über unseren Garten. Ich werfe dann Würstchen, Fleischstücke oder Jod S11-Körnchen hoch und er fängt sie aus der Luft. Das ist aber auch ein toller Mann, der einfach alles machen kann.

Da fällt mir noch etwas ein. Wenn ich mal wieder etwas weiß anstreichen möchte, weil es „Shabby Chic" ist, dann muss ich das machen, wenn er wegfliegt.

Wenn er das mitbekommt, wie früher (wo ich immer noch gedacht habe, der macht doch Scherze?) dann setzt sich eine ganze furchtbare, arbeitsreiche Maschinerie in Gang. Dann bekomme ich zuerst einen richtigen Baumarkteinlauf. Das geht von der richtigen Bekleidung bis hin zum Material säubern und Arbeitsbereich aufräumen. Ich weiß ja, dass er mehr Erfahrung hat und alles besser kann als viele andere. Er braucht aber auch immer eine Ewigkeit und was er macht, das hält für die Ewigkeit.

Ich stell mir gerade Mal in ein paar tausend Jahren nach uns vor, wie Außerirdische Ausgrabungen machen, hier wo wir wohnen, auf dem Hügel. Der ist geradezu dafür gemacht, dass Ufos hier landen könnten. Die steigen dann aus, wühlen hier in unserem Garten rum, da wo er mal war, da wo unser Häuschen früher stand. Schütteln erstaunt ihren Kopf mit dem einen Auge und der Antenne oben druff - und die finden dann noch eine super standfeste Mauer unter der Erde. Sie werfen sich Blicke zu (alles mit einem Auge – muss man sich auch erst mal vorstellen) wackeln mit ihren Antennen und sind sichtlich aufgeregt.

Das ist das Fundament vom „Darkroom", das steht dann immer noch wie eine Eins. Auf dem unter der Erde liegenden Fundament für den Pfeiler werden sie eine Inschrift finden und zwar eine Buchstabenkombination. Daraus friggeln sie sich dann selber einen hübsche Begrüßungstext oder eine Begrüßungsformel. Es wird sehr lange dauern dies zu entschlüsseln.

Sie haben dann das Monumental-Bauwerk für die Ewigkeit und für alle unsere Nachfahren gefunden. Das ist so ähnlich wie mit der Himmelsscheibe von Nebra, aus Sachsen-Anhalt. Da hat vor tausenden von Jahren v. Chr. ein Lehrling vom Schmiede-meister seine erste selbstgehämmerte Frisby-scheibe vergraben. Schon ist das eine religiöse „Himmelscheibe!" Vielleicht war es aber auch nur Hundespielzeug, wer will das schon genau wissen?

So, wir waren bei den Shabby Chic Möbeln. Also, zuerst geht er in den Keller in seine Werkstatt und holt mir Schmiergelpapier hoch und einen passenden Pinsel, für meine schöne dicke Farbe. Das ist die Shabby Chic Farbe, die ist auf Wasserbasis und die kann man verdünnen oder so dick auftragen wie man will.

Natürlich will ich dick auftragen, denn ich hasse nichts mehr als „rumtrödeln", wenn ich eine Idee habe, dann muss das aber fluppen und mindestens eine Stunde dauern, dann kommt die nächste Idee schon um die Ecke. Ideen sind toll, sie kommen meist, wenn man sie nicht sofort umsetzten kann.

Das ist so was von ärgerlich und blöd. Und wenn ich früher Mal gedacht habe, ich könnte anfangen irgendetwas weiß zu streichen, „schwupp" stand Käpt'n Haken hinter mir und vorbei war es mit „schnell mal eben was anmalen!"

Also, ich bekam den großen Schmiergelkurs von Käpt'n Haken aufs Auge gedrückt und ich kam in den Genuss weitere Kurse gleich mit zu buchen. Der große Pinselaus-waschkurs, war echt eklig. Er hielt mich viel zu lange von meinen Arbeiten und Ideen ab.

Ich habe die benutzten Pinsel früher alle weggeworfen und bin nicht arm dabei geworden. Das geht jetzt nicht mehr, wenn man unter Beobachtung steht und abends „Pinselabnahme" auf dem Programm steht. Hahaha, ich mach mit ihm danach auch Pinselabnahme! Ach, ich schreib Euch jetzt meine Gedanken nicht auf, sie sind schmutzig und Pingu soll es ja auch noch mal lesen.

Pingu ist nicht immer so begeistert von meinen Ausführungen, nur wenn meine Schwester mal Schweinkram redet, dann wirft sie sich aber sowas von auf den Rücken und lacht, als hätte sie noch nie einen Witz gehört.

Kommen wir wieder zurück zu meinem Bauhaus-Aufbaukurs Teil 2.

Nachdem er mich dann erwischt hat, dass ich einen Hammer und Nägel in der Hand hatte, bekam ich meine erste Einweisung „In welche Wand gehört der richtige Nagel und wo „bitteschön" gehören Schrauben rein?!" Also, wir haben Wände, die scheinen noch aus dem Krieg zu sein, denn die sind so hart aus Beton, damit da keine Panzer durchfahren können. Dann gibt es wieder Wände, die sind so dünn, als könne man seine Nachbarn dahinter spazieren gehen sehen. Dann wieder welche, die sind wie dicke Pappschachteln, fühlt sich auf jeden Fall so an, denn haut man da einen Nagel rein, der geht wie „Schmitz Katze" bis zum Anschlag durch und baumelt dann so rum. Käpt'n Haken hat mir das alles wunderbar erklärt, leider kann ich es nicht immer so ausführen, weil ich es ja schnell fertig haben möchte. Da reicht für mich Hammer und Nagel, Schraube mit Zahnpaste und Klopapierdübel. Ja, das ist richtig: „Klopapierdübel!"

Ich glaube diese Erfindung habe ich von Pingu. Pingu hat alles so gedübelt, wo sie alleine noch in ihrem Iglu gewohnt hat – nee, echt jetzt, in ihrer Wohnung gelebt hat, meinte ich. Wenn irgendwo ein Loch in der Wand war, was so aussah, als könne man da vielleicht noch mal was aufhängen, das Loch aber viel zu groß war, dann hat Pingu Klopapier nass gemacht, ein bisschen eingefriemelt, Zahnpasta drum geschmiert und in das Loch gesteckt.

Es wurde damals nicht lange gefackelt und gewartet. „Wir hatten doch keine Zeit, es war Krieg und kalt, der Dübel musste rein!"

Außerdem stand Pingu damals als Kind mit ihrem Henkelmann in der Bahn als der Weltuntergang kommen sollte.

Pingu wusste wie das alles geht und zwar schnell und komplikationslos. Die Welt ging nicht unter an diesem Tag und heute musste die Schraube in die Wand. Lustig war, damals musste man nicht lange warten, man konnte sofort ein Bild aufhängen.

Da erinnere ich wieder an Tante Clara, die in einem Schloss in einem Seitentrakt wohnte und ich mich heute noch gut erinnern kann, das in der Küche im Fußboden ein großes Loch war, so dass man den Nachbarn da drunter gut sehen konnte.

Ich weiß bis heute nicht warum da dieses Loch war und Pingu wird mir heute sicher sagen „Kind, was Du alles erzählst? Da weiß ich gar nichts von!"

Meine Oma zum Beispiel hat alles mit "Essig" geregelt und mit ihrem alten Spüllappen. Wenn etwas Schlimmes passiert war, sagte Sie: „Da binden wir `nen Lappen mit Essig drum!" Wenn mir die Nase lief, dann nahm sie den nassen Spüllappen und wischte mir die Nase ab. Jetzt fällt mir gerade auch wieder ein, wer unser großer

Handwerkermeister in der Familie war: „Das war mein Opa!" Mein Opa hat alles was irgendwie an die Wand sollte mit Patex geklebt. Wir kleinen Kinder mussten aufpassen, dass er uns nicht mit anklebte, weil er so emsig war. Auch Tapeten, Fliesen, Leisten, Bilder etc. Wenn sich das Material sträubte und wild aufbäumte unter dem dicken gelben klebrigen Zeugs, dann nahm er sein Teppichmesser und machte einfach einen Schnitt! Aus die Maus – daher kam wahrscheinlich auch später der Begriff: „Mach mal einen Cut!" Ich fand als Kind lustig, warum sich die Wand erlauben durfte „dicke Rotznasen" zu haben und ich wurde mit dem alten nassen Spüllappen verfolgt.

An manchen Tagen komme ich mit vor, wie die Freundin von „Bob dem Baumeister" oder wie „Baggi" oder „Buddel". Manchmal wäre ich lieber die Frau von David Copperfield. Der schnippt nur mal mit dem Finger oder dreht sich einmal, streckt dramatisch die Hand aus und „schwupp" ist der Garten gemacht oder das Haus umgebaut.

Aber ehrlich gesagt, ist der mit viel zu dünn. Ich mag keine dünnen Männer, die finde ich eklig. Wenn alles fertig ist: „Wat mach ich mit dem dann?!"

Will diese „schwatte, dünne Brotspinne" mir mit seinem Zauberstab hinterher noch an die Wäsche?!

„Nä, bah, lass mal stecken!"

Das Hexenbuch

Ich habe mir vor vielen Jahren mal bei Ebay ein rosafarbenes Hexenbuch ersteigert. Da stehen tatsächlich so Sachen drin, wie: "Lottogewinn leicht gemacht!" "Nachbarn verschwinden lassen!" "In drei Tagen ein Dreitagebart!" Nein...und auch: "In drei Tagen Reich und schön!"

Von der Aufmachung her, könnte das das Tagebuch von Siegfried oder Roy sein. Auf jeden Fall, hab ich eine Nachbarin bekommen, die zog zuerst mit einem kleinen frechen Mann ein, den wir hier schon alle kannten. Der war schon mit fast allen Leuten aus unserem kleinen Dorf bei Gericht. So ein kleiner affiger Typ. Der meinte - er könnte jede Frau haben, lief aber immer alleine mit seinem Hund rum und ist schon seit dreißig Jahren gefühlte Fünfzig.

So ein Typ, der sich die Kragen vom Polohemd auch dann noch hochstellt, wenn draußen Orkanböen wehen. Immer braun gebrannt, von der Sonnenbank, immer grinsend blöd, wie nach einem Genickschuss. Der konnte labern bis einem der Schmalz aus den Ohren lief und das von alleine, ohne Jod S11-.Körnchen. Ich könnte wetten, der wusste genau wo die Handtücher im Haus liegen. Aber, wie das immer so ist, dafür war der sonst wohl zu nichts zu gebrauchen.

Mit dem Typen zog sie hier ins Haus. Es dauerte nicht lange, da hat es bei denen gewaltig gerummst. Die hatten bestimmt mal die Weinsorte gewechselt?! Ein alter Mann aus der Nachbarschaft erzählte, sie hätte den grinsenden Schimpansen verprügelt und sie lief nur noch mit Sonnenbrille hohen Hauptes durch den Ort. Stolz wie Oskar, worauf eigentlich?! Dass sie einen armen alten Schimpansen quält? Eine andere Nachbarin erzählte später, sie wäre auf der Schönheitsfarm gewesen und müsste deswegen jetzt die Sonnenbrille tragen. "Ja, nee, is klar!" Jetzt war der Typ plötzlich weg, sie hat ihn rausgeschmissen, aber er kommt bis heute ab und zu vorbei. Bestimmt weil er dort immer viele Bananen bekommen hat oder sie lässt den Schimpansen zur Strafe Fingerprints malen, die sie dann übers Internet verkauft. Oder, er darf mit seinen krummen und behaarten Fingern ihren nackten Körper bemalen und bekommt zur Belohnung einen Apfel und eine Banane. Tja, während der eine Affe richtig schwitzen musste für seine großartigen Erkenntnisse für die Menschheit, darf der alte Schimpanse hier an dem faltigen Körper rumschrauben, für den gleichen Lohn. Um diese fiesen Bilder aus dem Kopf zu bekommen, gibt es einen einfachen Trick: „Denkt an Hundebabys!"

Auf jeden Fall hab ich versucht sie mittels meines Hexenbuches zu vertreiben. Nicht nur, weil sie ihren Dreck einfach zu uns rüber fegt. Nein, auch weil sie das gerne mittels Hochdruckreiniger macht und dort auch unser Parkplatz ist. Alles nur aus Frust, weil man so blöd war und ein Haus mit Garage, aber ohne Zufahrt gekauft hat. Ja, das gibt es nicht nur in Schilda. Mit einem „Bobby-Car" kommt man aber prima in die Garage und der Schimpanse würde sich darüber freuen.

Der Hochdruckreiniger ist ihr Lieblingsgerät, das läuft im Frühjahr und Sommer den ganzen Tag. Da gibt es keine Fuge mehr zwischen den Platten, die macht alles weg. Wahrscheinlich duscht sie auch mit dem Hochdruckreiniger und ich vermute, sie hat damit mal eine Nasenspülung gemacht, deswegen ist oben alles leer.

Ich wollte unbedingt, dass sie verschwindet, weil die mir so was von auf den Sack geht, jeden Tag. Sie nervt schon einfach, weil sie so blöd grinsend an unseren Fenstern vorbei schwebt, mit ihrer hoch toupierten blonden Perücke, wie in dem Film "Mars-Attack!" Das ist so gruselig, immer um die gleiche Zeit. Oder sie trägt einen Hut, wo links und rechts ihre dröseligen alten dünnen Strähnen dran getackert sind.

Mit dem Grinsen, das muss so sein, das strafft seitlich die Konturen, damit nicht alles im Gesicht so nach vorne hängt, wie bei diesen chinesischen Faltenhunden. Ohne Grinsen sieht ihr Gesicht ungefähr so aus, wie das alte Sofarückenpolster von meiner Großmutter, wo in der Mitte der Samtknopf, (welcher in diesem Fall ihre Nase wäre), allen überschüssigen Stoff in der Mitte zusammenhält.

Aber ehrlich, das mit der festen Uhrzeit, kam mir vor, wie in Düsseldorf auf der Schneider-Wibbel-Gasse, wenn zur vollen Stunde, diese alte gruselige Klappe oben an einem Haus in der Altstadt aufging und der alte „Schneider Wibbel" zum Vorschein kam mit seinem alten wackeligen Kopp!

Es gibt so einen schönen Spruch von Friedrich von Schiller, der da heißt:

„Es kann der Frömmste nicht in Frieden leben, wenn es dem bösen Nachbarn nicht gefällt."

Wir hätten hier gerne Frieden, aber mit ihr geht das nicht. Ich weiß, es geht sehr vielen Menschen genauso. Nur wie geht man damit um, Tag für Tag?

Im Hexenbuch stand, man solle eine leere Weinflasche nehmen - sie mit 1/4 l weißen Essig füllen und einen Zettel schreiben mit dem Namen und dem Geburtsdatum.

Das war jetzt mit dem Namen nicht so schwer, der steht auf der Schelle und das Geburtsdatum steht auf dem Nummernschild ihres Autos. So, das habe ich eines Nachmittags vorbereitet, hab den Wein getrunken und bin zu einem Fluss in der Nähe und hab die Flasche da rein geschmissen. Innerhalb eines Jahres soll man von dem fiesen Nachbarn befreit sein.

Es sind jetzt ca. 4 Jahre um, jetzt habe ich die Weinsorte gewechselt und sie ist immer noch da und schwebt jeden Tag zur vollen Stunde an meinem Fenster vorbei. Grinsend mit Handy am Ohr, dicker Sonnenbrille, hoch toupiertem gelben Haar. "Fuck Hexenbuch!"

Ich habe wirklich alles Mögliche schon versucht. Ich habe mir sogar eine Voodoo-Puppe geklöppelt.

Eine Bekannte die zum Kaffee vorbei kam, packte in meinen Wollkorb, zog die Voodoo-Puppe raus und sagte: „Wat strickste denn da für`n hässliches Ding für Deinen Enkel, dat Kind kriecht doch Angst?" Ich hab ihr die Puppe wieder abgenommen und in den Korb gelegt. Auf jeden Fall hab ich das echt getestet, egal – sieht mich doch keiner, wenn ich alleine zu Hause bin. Und bitte liebe Leute, habt keine Hemmungen Dinge zu Hause einfach mal auszuleben. Es ist wie früher „Nasebohren" – nur noch viel schlimmer. Man darf sich nur nicht dabei erwischen lassen.

Wie „Mars Attak" aus dem Haus kam, hab ich ihr mit einer dicken Stopfnadel zuerst in die dicke „Futt" gestochen. „Keine Reaktion"! Die hatte bestimmt wieder ihren festen Sloggy Long Long an, da geht eh nix durch. Dann hab ich mal direkt in den Kopf gepickt. Sie hat nur den Kopf geschüttelt, um ihre zwei dünnen Strähnen, die vorne an der Mütze festgeklebt sind, in Form zu bringen, für ihren „Walk"!

Ehrlich gesagt, ich hatte mir in den Jahren zuvor schon überlegt, ob ich mir nicht so einen Stoffhund auf ein Rollbrett tacker und mit einer schlechten blonden Langhaarperücke ihren Walk durch unsere Straße mache. Aber so schlecht wie sie aussieht, krieg ich das mit einem Karnevalskostüm nicht hin. Der Hund wär der Brüller. Hinterher werde ich noch erschossen, denn die meisten Nachbarn hier, liegen schon hinter den Fenstern auf der Lauer, wenn sie kommt. Die laden sich bestimmt Freunde und Bekannte ein, feiern und warten „bis der Zuch kütt!"

Das Spiel mit dem Bonbon-Papier hätte auch nicht sein müssen, hat mir aber dann doch Spaß gemacht.

Ich hatte zu dieser Zeit keinen Job und viel Tagesfreizeit. Da kommt man auf die unmöglichsten Dinge und so ließ ich mich auf ein blödes Spiel ein. Ich habe sie richtig konditioniert, wie ein Huhn, ein Spiel mit Reiz und Reaktion. Wie ich gesehen hab, dass sie das macht, was ich möchte, nur durch ein einfaches Bonbon-Papier, hab ich das natürlich weiter ausgetüftelt. Ich hätte sie auch noch aufs Garagendach bekommen, hätte ich nicht so einen schönen Tag gehabt, dass ich sanftmütig und lammfromm war und ich war „irgendwo so demütig". In diesem Anfall von völliger Glückseligkeit, habe ich das Bonbon-Papier einfach aufgehoben und weggeschmissen und das schöne Spiel war vorbei. Dabei wäre mein Plan durchaus ausbaufähig gewesen.

Es begann an dem Tag, wo ich mal wieder Abfall neben meinem Auto auf unserem Parkplatz fand. Ich hatte sie ja mehrfach schon selbst gesehen, wie sie uns extra Abfall, der bei ihr durch den Wind gelandet war, neben mein Auto legte. Einmal bin ich raus mit meinem Besen und war echt wütend über so viel Dreistigkeit. Sie ist vor mir weggelaufen und schnell ins Haus, Türe zu.

Ich musste über mich selbst lachen, weil mir da gerade das super Kinderlied „Anne Kaffeekanne" von Fredrik Vahle einfiel: *„Da flog sie, oh pardon, auf dem Besenstil davon…"*

Dann hab ich beschlossen, mich nicht mehr so aus der Reserve locken zu lassen. Es ist ja nicht so, als hätte ich nicht versucht mit ihr vernünftig zu reden, es kam nicht oben in der Perücke an. Ich habe es sogar mehrfach versucht. Hatte sogar Blumen für sie angenommen und persönlich bei ihr geschellt, um den Kontakt herzustellen und

Friede einkehren zu lassen. Bei diesem letzten Mal hatte ich gedacht, sie meint es jetzt ehrlich. Aber nach ein paar Tagen hatte sie es wohl wieder vergessen und es ging von vorne los.

Ihre Unzufriedenheit und meine Langeweile trieben uns zu immer neuen fiesen Dingen. Ich habe dann das Bonbon-Papier genommen, was so eine ganz pinke grelle Farbe hatte, das man es nicht übersehen konnte und hab es zuerst einfach zurückgeschmissen. Klar, am nächsten Tag, wie erwartet, hatte sie es wieder vor mein Auto gelegt. Da kam mir die Idee, sie richtig zu trainieren. Wie mein eigenes lebendiges abgerichtetes Tamagotchi. Ich habe das Bonbon-Papier dann auf ihre Fußmatte gelegt.

Am nächsten Tag, lag es auch wieder auf meiner Matte. Dann in ihren Briefkasten, es kam am nächsten Tag in meinen Kasten zurück.

Dann habe ich das Papier lecker mit Honig beschmiert wieder vor ihre Tür gelegt und dann hab ich vom Obergeschoss aus geschaut zu der Zeit, wo sie immer rauskommt und wegfährt. Dann war Nachmittag, die Tür ging auf. Der Kopf ging glotzend wie bei einem Huhn direkt runter auf das Bonbon-Papier. Der Blick alleine war es schon Wert. Ich hab mich hier oben abgerollt vor Lachen. Sie bückte sich und das Papier klebte an der Hand. Sie versuchte es abzuschütteln, es ging aber nicht, es klebte super. Dann hat sie versucht es mit der anderen Hand abzuziehen. Prima, hat auch geklappt, klebte aber jetzt auch da. Sie wurde richtig wütend und drehte sich mit dem Bonbon-Papier um und ging ins Haus. Am nächsten Tag klebte das Papier auf meiner Windschutzscheibe. Auch gut, habe ich mir gedacht, so kommt eine neue Variation ins Spiel. Ich habe mir dann überlegt, ich muss das Papier irgendwo hinlegen, wo sie nicht sofort dran kommt. Ich wusste ja dass sie sich ärgert, wenn sie es sieht und nicht dran kommen kann. So hab ich das Papier, als sie wegging, auf ihr Garagendach gelegt, so dass sie es von ihrem Schlafzimmerfenster aus, gut sehen konnte.

Tagelang hat sie geschmollt, weil sie nicht da hochkam. Das konnte man richtig aus ihrem Gesicht ablesen.

Irgendwann mal, hatte sie mal wieder Besuch, wahrscheinlich aus dem Zoo, ihr alter Freund der Schimpanse war wohl mal wieder da zum Malen. So kam das Papier wieder runter. Prima, jetzt hatte ich schon zwei dressiert.

Da habe ich vor ein paar Tagen im Radio noch so einen tollen Spruch gehört bzw. das soll ein polnisches Sprichwort sein: „Das ist nicht mein Zirkus, das sind nicht meine Affen!" Diesen Spruch würde ich mir am liebsten auf den Arm tätowieren lassen um immer daran erinnert zu werden, dass ich mich mehr in Gelassenheit üben soll. Für diesen Spruch bekommen die Polen von mir doch glatt eine „Eins!" Und im Ernst, so ein bisschen war es schon mein Zirkus.

Aber irgendwie machte es auch irgendwann keinen richtigen Spaß mehr, ihre Aktionen waren zu vorhersehbar geworden. Als der alte Schimpanse nicht mehr kam, wurde es zusehend langweiliger. Inzwischen hatte sie den Affen durch einen Clown mit sehr schlecht sitzender Perücke und Hütchen, ausgetauscht.

Damit wir unseren langjährigen und ehemaligen Müllmann nicht erkennen sollten, tarnte der sich bei der An- und Abfahrt durch einen Din-a 4 Umschlag vor sein Gesicht. Ich habe den Clown an seiner Gangart und an seinen freundlichen Augen wiedererkannt.

Der wohnt auch noch in unserer Nachbarschaft, klar, dass der nicht erkannt werden will. Eine andere Nachbarin sagte, der will bestimmt nur Dinge reparieren. „Hä, hab ich gesagt, was denn für Dinge?" Ja eben „Dinge reparieren"!" Was könnten denn das für Dinge sein? Lass uns mal überlegen. Vielleicht rosa Plüschhandschellen ans Bett montieren, oder „irgendwas" versenken? Und damit meine ich keinen Dübel! Oder mal eben 'ne Banane aus der Futt gezaubert?! Oder wie soll ich mir das jetzt vorstellen?! Und weil der Mann sowas von nett ist und gerne alleinstehenden Frauen hilft, verkleidet der sich auch noch, da wird das Reparieren gleich lustiger. Ich wundere mich manchmal über die Menschen, die rein gar nix schnallen, was um sie herum passiert. Die könnten direkt daneben stehen. Die würden dem wahrscheinlich noch den Dübel anreichen?! Ich kann da nur den Kopf schütteln.

Das war auch so bescheuert und vor allen Dingen, wie wird sich die Ehefrau gefreut haben, dass ihr Mann wieder so eine tolle Anstellung in einem Privatzirkus bekommen hat?! Dann kam der Tag, an dem sie zum ersten Mal in Urlaub geflogen ist und ich später unglaubliches über sie erfuhr.

Mein Gott, was hat die genervt. Jetzt ist sie tot, ich war es „Gott sei Dank" nicht.

Sie wurde in Ägypten von einem Krokodil gefressen. Das ist jetzt aber kein Witz. Die soll zwei Wochen lang mit einem knallroten Baywatch-Badeanzug immer am Strand gejoggt sein. Das hat sich der Kaiman dann einige Zeit angeguckt und hat sie sich geholt. Selbst das Krokodil fühlte sich von ihr genervt. Den Badeanzug, so erzählt man heute noch in Ägypten, hat der Kaiman noch lange tragen können, bestimmt die ganze Badesaison lang.

Ich bin ein Wechselbalg

Ich kann gar nicht mehr sagen, wann das genau anfing? Vom Alter her, hätte es eigentlich schon beginnen müssen. Manche Frauen, wie meine Freundin oder Schwester sind da schon viel früher dran gewesen. Ich spreche jetzt hier nicht von den armen Kreaturen aus dem Mittelalter, die man "um sie zum Sprechen zu bringen" in große Holzfässer mit heißem Wasser steckte und sie solange untertauchte bis sie qualvoll starben. Sagen konnten sie dann sowieso nichts mehr - denn sie waren tot. Man nahm damals an, Wechselbälger wären Säuglinge, die der Mutter im Wochenbett durch einen Teufel, einer Hexe, Druden oder auch Troll untergeschoben wurden im Austausch ihres gerade geborenen Kindes.

Man muss sich das mal vorstellen, das waren zum Teil behinderte Menschen - vielleicht waren sie autistisch oder hatten sonst eine Hirnkrankheit wie z.B. das Tourette-Syndrom. Da rutsche so einem armen Geschöpf ein derbes Schimpfwort raus, wurde sofort vermutet, dass da der Teufel persönlich hinter steckt und so sollten diese Menschen zum Sprechen gebracht werden. Wir kennen ja diese Filme mit den diversen Teufelsaustreibungen.

Was haben die bloß im Mittelalter getrieben bzw. wie rückständig waren die Menschen teilweise doch?!

Als ich so richtig zu fluchen begann, hatte das insofern mit dem Mittelalter zu tun, denn ich war bereits in der Mitte meines Lebens angekommen und litt unter diversen Schweißausbrüchen. Bei mir waren es "nur" die Wechseljahre. Als ich nach den ersten Symptomen im Internet suchte, stieß ich auf "Das Wechselbalg" und das hat mich unheimlich interessiert und von meiner Wechselei abgelenkt. Ich wollte wissen, was ist das eigentlich? Gut, dass ich damals nicht gelebt habe zu dieser Zeit, die hätten mich aber sowas von gejagt und untergedöppt.

Abgesehen davon interessiere ich mich für alles Übersinnliche, Geister, Ufos, ungeklärte Kriminalfälle und ungewöhnliche Erscheinungen.

Meine erste ungewöhnliche Erscheinung hatte ich, als ich damals meinen derzeitigen Chef kennenlernte, eine große fauchende Kakerlake, aber dazu später mehr.

So gehe ich den Dingen gerne auf den Grund und frage mich immer noch, warum ich nicht zur Polizei gegangen bin? Oder zum FBI oder CIA, ich kam bisher immer nur nach OBI und C&A.

Während meine Mutter immer noch gerne bei "Futt", wie sie so gerne sagt, einkaufen geht. Sie kann zwar englisch, aber hält sich nicht immer an die korrekte Aussprache. Wir haben Ihr schon so oft gesagt, dass der Laden "Food" heißt. Nein, sie ginge weiterhin nach "Futt!"

Ich war plötzlich sehr sensibel geworden, mit allen Dingen die um mich herum geschahen. Ich beäugte alles sehr genau, versuchte alles bis ins Kleinste zu analysieren und zu erklären. Für mich gab es jeden Tag einen neuen Fall, den ich aufdecken musste.

Eines der Dinge, welches ich immer noch gerne mal aufdecken wollte, ist das komische Verhalten von einigen unserer Mitmenschen und auch den ungewöhnlichen Dingen, die mir im Leben passiert sind. Warum manches so komisch gelaufen ist?! Da ich schon mehrfach umgezogen bin in meinem Leben und an mehreren Orten gelebt habe, hab ich alles Mögliche schon kennengelernt. Da gibt es ein paar ganz besondere Exemplare von Menschen und Geschichten.

Da gab es damals den jungen Nachbarn der bei der GSG9 war und am liebsten nachts meine Wohnung stürmte, oder der ehemalige Bankräuber vom Haus gegenüber, der in mich verliebt war und mit dem ich ins Freibad ging.

Da gab es meinen ersten Vermieter, der volltrunken und mit einer Axt, und „grünem Cordhütchen auf" unsere erste Wohnung auseinander nehmen wollte und ein ganzes Rollkommando der Polizei, welche wegen eines geschenkten Fotoapparates, meiner ehemaligen Schulfreundin, meine kleine Bude stürmte.

Da gab es einen Transvestiten, der eine Kneipe ein paar Straßen weiter hatte, der mir nachts schreiend mit einem seiner Schuhe hinterherlief, weil er mich verhauen wollte. Ich habe nie gesagt, dass ich immer lieb war! ☺

Der Polizist der mir ein Auto zum Geburtstag schenkte und heute noch ein guter Freund ist, sowie der Nachbar vom Rohrreinigungs-service, der mich Silvester zu sich einlud. Er nahm mich zuerst, stundenlang mit, zu einem Rohrreinigungs-Einsatz und später dann zu sich in die Wohnung, um Kartoffelsalat mit Würstchen zu essen.

Dort gestand er mir betrunken, dass in der Kiste, wo eine gestickte Weihnachtsdecke seiner Oma drauf lag und der Weihnachtsbaum oben drauf stand, Waffen, Munition und eine Handgranate waren.

Abgesehen davon spielte er mir eine Langspielplatte vor, worauf im Hintergrund furchtbar gejammert wurde, er mir stolz erklärte, das hätte er eingesungen.

Worauf er gähnte und auf dem Sofa einschlief. Ich war sehr froh, dass er um Punkt 12.00 Uhr nicht die Kiste öffnete um mal richtig zu knallen.

„Mars Attack", war bisher aber das Schlimmste was ich kennengelernt habe. Aber auch das hat sich ja irgendwann mal von selbst erledigt. Manche Dinge brauchen einfach Zeit. Es müssen die Sterne und die Krokodile zum richtigen Zeitpunkt an der richtigen Stelle stehen oder liegen, dann passiert es. Probleme werden gelöst durch kosmische Einflüsse.

Man muss einfach mal die Krokodillederschuhe still halten und Ruhe bewahren.

Aber es gibt auch noch andere Sorten von Nachbarn, die etwas komisch sind, aber wirklich keinem etwas Böses wollen. Bisher hatte ich eigentlich immer nur vermutet, dass unsere jüngeren Nachbarn von gegenüber Teufelsaus-treibungen zelebrieren.

Wir hörten im Sommer eine "tiefe, durchdringende, furchteinflößende Stimme" aus dem Kinderzimmer: "Spring!" Spring Du sollst springen!"

Ich habe dann die Nachbarin mal gefragt, was denn bei ihnen los wäre und sie sagte mir, dass deren Tochter (damals ungefähr 6 Jahre alt) Rammstein nachsingen würde und dabei die Meerschweinchen trainieren würde.

Das Kind kam mir immer etwas seltsam vor, weil sie nicht wie andere Mädchen lief, nein, sie galoppierte immer nur im Kreis und wieherte dabei.

Das konnte daran liegen, weil ihre Mutter ihren Vater wohl damals beim Ausmisten kennenlernte.

"Na, prima und ich hab gedacht, ich könnte endlich mal einen Skandal aufdecken!" Die Meer-schweinchen waren wohl inzwischen taub und komischerweise wurden die immer weniger und neue nachgekauft, von wegen „Meerschweinchen"!

Die hatten immer irgendeine Krankheit, woran die recht zügig starben. Schrecklich dachte ich. Während ich mich im Sommer noch über die kleinen brennenden Reifen wunderte, die auf dem Balkon standen?! Oder warum schmeißen die so viele kleine qualmende Rouladen in die Mülltonne?

Auf jeden Fall, sind diejenigen, die sich um sich selber kümmern und andere nicht blöde anmachen, die liebsten. Wichtig ist mir immer noch, dass man mit den Menschen vernünftig reden kann.

Meiner Meinung nach kann man jedes Problem aus der Welt schaffen, wenn man nur vernünftig miteinander spricht. Sollte das aber nicht klappen, dann kann man sich immer noch ein Hexenbuch und eine gute Flasche Wein kaufen.

So kamen noch weitere eigenartige Dinge zu meiner Wechselei hinzu. Mir war sehr wichtig, dass ich irgendwie wieder zur Ruhe kam.

So stand Weihnachten bevor und ich war gerade mit meinem kleinen Pinguin einkaufen als es plötzlich passierte und dabei musste ich immer darauf achten, dass

Pingu mir nicht hinter irgendeinem Wühltisch oder Kleiderständer verschwindet.

Während ich immer hinter dem kleinen Pinguin her lief, stieg es unheimlich heiß in meinem Körper hoch, ich merkte förmlich, wie mir das Blut in den Kopf stieg und es immer wärmer und wärmer wurde. Ich hatte das Gefühl, gleich geht da oben `ne Klappe auf und heißer Dampf steigt auf. Mein Kopf war richtig knallrot, als mich ein junger Verkäufer ansprach, wen ich denn suchen würde?

Ich sagte ihm etwas verlegen: "Ich suche meinen Pinguin …äh äh meine Mutter!" Der Verkäufer grinste und sah mich an, als hätte ich nicht alle Klammern am Beutel. Er dreht sich suchend um, breitete die Arme theatralisch aus - wie ein Vampir - und sagte: "Hier ist aber niemand...!"

Plötzlich kam meine Mutter hinter einem Kleiderständer hervor gewatschelt und war total fröhlich.

Sie musterte den jungen Verkäufer und fragte ihn plötzlich: "Wann haben Sie denn Schluss?"

Hä...ich hab gedacht, ich hätte mich verhört? Der junge Mann stammelte plötzlich: "Ja, ja...so gegen 19.00 Uhr - aber wir kommen hier nie pünktlich raus!" Er sah meine Mutter ängstlich an!

Ich zog sie am Ärmel und flüsterte ihr ins Ohr: "Hör mal, wolltest dich gerade verabreden, oder was sollte das werden?" Sie lachte wie ein Gnom...und meinte dann: "Der sah so abgespannt aus, er tat mir Leid - ich wollte nur mal wissen, wie lange er noch muss!" Drehte sich um und wackelte weiter Richtung Ausgang.

Wir nennen sie halt immer "Kleiner Pinguin" oder „Pingu", weil sie so klein ist und inzwischen (mit achtzig) so einen schaukelnden Gang hat, wegen ihrer Hüfte, dem Rücken, den Füßen, ach usw. Da stand sie wieder fröhlich und wackelnd, wie bei "happy feeds" und sagte: "Komm mal jetzt weiter Kind!" Und...schwupp...war sie schon wieder in der Menge verschwunden. Mein Kopf war wieder hell rosa und die Wärme ließ nach...ich war froh endlich zum Ausgang zu kommen.

Mein Chef

Ja, das ist ein besonderes Thema. Sein Name hört sich an wie „Zyklope" hört sich aber nur so an, aber er könnte es durchaus sein. Der Kopf ist genauso geformt wie bei diesem Einäugigen, auch die Kopfform stimmt überein. Nur, das „meiner" zwei Augen hat.

Als ich ihn kennenlernte, sprach er wie ein Eunuche, aber was für ein helles zartes Stimmchen" in so einem kräftigen und großen Mann, das hat mich total irritiert. Das ist seine Tonlage, wenn er „ehrfürchtig" ist oder wie soll man das beschreiben? Auf jeden Fall kann der aber auch anders. Die Stimme wird, wenn er so richtig abgeht, Wut hat, sich ärgert oder schimpft, mal fauchend, scheppernd, schrill und hoch. Er wiederholt jedes Wort bestimmt zehn Mal. Ich habe bei solchen Telefon-Wut-Ausbrüchen das Telefon einfach in den Abfalleimer gelegt. Nach ein paar Minuten rausgeholt, da war der immer noch bei seinen Wiederholungen. Zwischendurch fragt er dann immer: „Chaben Sie mich verstanden?"

Die Polen können kein „H" aussprechen, das ist so ähnlich, wie bei den Chinesen das „R".

Ich dachte: „Sicher, Herr Oberst Küchenscharbe!"

Ja, nee ist klar! Eigentlich verstehe ich ihn oft überhaupt nicht, aber es scheint auch nicht wichtig zu sein. Er sagt es, ich vergesse es, höre nicht mal zu und alles ist gut. Er muss es nur raushaben, es ist sowieso immer eine Wiederholung von irgendwas an diesem Tag. Vielleicht hat er auch das „Polnische Tourette-Syndrom?"

Gestern war ein schöner Tag im Büro. Es war Zahltag. Ich hatte noch gar nicht damit gerechnet. Aber irgendwo hat er Geld aufgetrieben und ich bekam mein Geld. Meine Augen leuchteten selig und ich war wie meine kleine Nichte immer früher gesagt hat: „Überrummelt in meinem Schein!" Ja, so muss sich das anfühlen. „Überrummelt, weil ich es nicht ahnte, „in meinem Schein" weil ich so strahlte vor Glück. Genau so muss das sein.

Wir beide, der „Zickel Zockel" und ich haben dann noch Fische gefangen. „Zickel Zockel" nannte ich ihn heimlich, wenn es gut lief. Den Namen „Zickel-Zockel" habe ich von meinem ältesten Sohn übernommen, der damals als Kleinkind eine Zeit lang immer um 23.00 Uhr einen kleinen Alptraum durchlebte, in dem er vom Drachen „Zickel-Zockel" gejagt wurde. So oder ähnlich musste er ausgesehen haben und so hat er wahrscheinlich auch „gefaucht".

So standen zwei große Aquarien im Büro. Da war so ein großer einsamer schwarz gestreifter Fisch drin. Der hat mich immer beobachtet, wenn ich am PC saß oder wenn ich die Tür reinkam und bei ihm vorbei ging. Der hat bestimmt gedacht, ich wäre seine große Mama oder eine besonders schöne dicke Frau für seinen Harem.

Er war ein Schwarmfisch, ohne Schwarm
man könnte sagen, er war arm
doch heute lebt er, sehr gediegen
mit seinen Weibern, Richtung Siegen.

Also, er bekam dann noch drei Weiber und war sichtlich stolz. Er schwamm vor und die Weiber nach. War bestimmt ein Türke. Die kleinen Kopftücher sahen im Aquarium lustig aus, sie rutschten immer nach hinten.

Als „Zickel Zockel" mit dem kleinen Netz und seinem kurzen dicken Ärmchen im Aquarium hing, fand ich es schade, nicht an mein Handy zu kommen, das hätte man filmen müssen oder nur den Ton aufnehmen. Er sah aus wie ein T-Rex wegen der kurzen Ärmchen.

Er sagte immer zu dem Fisch, den er gerade fangen wollte: „Komm her…Du willst es doch auch…mein Cheifisch! Du weißt es nur nicht! Komm, komm, komm, komm….ja – da waren wieder diese Wiederholungen.

Ich musste meine Augen verdrehen und den Eimer im Auge behalten und schnell immer den Deckel druffkloppen, wenn er einen Fisch gefangen hatte.

Wie schon gesagt, Zickel Zockel ist unheimlich groß, hat einen Kopf wie eine mittlere Bowlingkugel und für den massigen Oberkörper, viel zu kurze Arme.

Aber vielleicht hat der auch mal als Kind in Tschernobyl neben dem Atomkraftwerk gezeltet? Das tut mir auch leid, aber ich kann ja nix dafür. Ich werde es auch nie sagen, solange ich hier arbeite, sonst ist es aus mit meinem schönen Geld.

Toll, hatte ich gestern so gedacht, womit ich mein Geld verdiene, das ist manchmal lustig. Das dachte meine blöde Nachbarin bestimmt auch, wie sie anfing sich von dem Schimpansen Bilder malen zu lassen?! Mein Portemonnaie ging an diesem Donnerstag nicht wirklich zu und ich bin fröhlich nach Hause gehopst.

Da gab es mal so einen Witz im Internet, wo eine Frau in einer Apotheke einen Flug nach Polen buchen wollte. Die Apothekerin sagte Ihr: „ Das hier ist kein Reisebüro sondern eine Apotheke!" Die Frau sagte aber: „Draußen steht aber ein Schild mit Pollenflugvorhersage!"

Das mein Chef ein Pole ist, das hätte nicht unbedingt sein müssen, denn ich kann diese abgehackte Sprache den ganzen Tag nicht ertragen. Tut mir leid, aber da bin ich ehrlich, der spricht nicht so sonderlich gut, wie gesagt, der faucht eher mehr wie eine Kakerlake. Wenn die Kakerlake spricht, muss ich das dann in richtige deutsche Worte fassen.

Manchmal fehlen mir auch die Worte, weil er so faucht und ich nicht weiß was er eigentlich sagen will. Er kann zum Beispiel nicht „beschädigt" sagen, das geht überhaupt nicht, dann faucht er nicht nur sondern fängt auch noch an zu zischen, bis ich ihn erlöse und ihm das gesuchte Wort sage! Dann hört er auf zu zischen und sucht nach neuen schwierigen Worten. Wenn er sich dann seinen Satz überlegt hat, fängt er an leise zu zischen, dann zu fauchen und wenn er es dann immer noch nicht richtig rausbekommt, hört er sich an wie ein explodierender Wasserkocher!

Ich schreibe dann einfach irgendwas, was ungefähr dazu und zum Thema passt. Ich lese ihm dann die Sätze vor und entweder sagt er: „Ja, ja, ja....oder schreit laut: „Nein, nein, so ist das nicht!" Wenn wir zusammen Angebote machen oder schwierigere Rechnungen, dann sitzt er neben mir am PC und sagt: „Weiter, unter...unter...unter!" Das heißt dann, dass ich eine Zeile drunter schreiben soll. Oder ganz toll: „Umklammerung!" Beim ersten Mal hatte ich echt Angst, was der von mir will? Er meinte aber, ich soll eine Klammer um das Wort oder den Satz machen! Wenn ich die Maus vom PC loslasse, dann passiert es nicht selten, dass er sie nimmt und einfach im Text was markiert, wo er meint, ich solle da weiterschreiben.

Das ist etwas gewöhnungsbedürftig, denn wenn ich dann die Maus nehmen will, greift er auch gleichzeitig danach, weil es ihm nicht schnell genug geht oder er meint, er säße alleine am PC! Dann grinst er immer ganz verschämt.

Am Anfang wollte ich da so schnell wie möglich wieder weg, aber dann ist es mit der

Zeit doch besser geworden. Später verniedlichte er sogar ab und zu meinen Nachnamen in dem er ein „Chen" dransetzt und weil er froh war mich zu haben.

Dann hatte er mir anvertraut, dass es kein Zufall war, dass ich in sein Büro gekommen bin. Er hat doch tatsächlich für mich gebetet. Er hätte mich mal auf der Straße in Höhe der Nummer 185 gesehen mit einer älteren Frau. Das war wohl Uschi, bei der ich dienstags die Wohnung aufräume und da wo ich dienstags immer Kaffee und Kuchen bekomme und Staubsauger, Uhren, Handtaschen, Blumen, Leitern, usw. alles was Herr und Frau Jansen bestellt haben und was sie nicht mehr benötigen, darf ich mitnehmen.

So, der Pole hat den lieben Gott gefragt, ob er nicht so eine tolle Frau, mit langen wehenden Haaren und so gut angezogen, als Sekretärin haben könnte. Ich musste ja innerlich grinsen, wie er mir das erzählt hat und ich hab mich auch gefreut.

Zu diesem Zeitpunkt hatte ich bestimmt und jetzt kommt's: „15 Kilo Übergewicht!"

Ich hab mich nur gefragt, was hatte ich an dem Tag denn besonders schönes an?

Oft trage ich die Haare zum Knödel, den schwarzen Turban mit den Blumen, oder meine beiden Hörnchen auf dem Kopf, mein Mann sagt dann immer ich wäre seine kleine Giraffe. Wahrscheinlich hatte ich, wie immer und ständig was Schwarzes an und das steht mir auch und macht mich um zwei Kleidergrößen schlanker. Oft ziehe ich meine Wangen einfach so nach innen, damit wirke ich im Gesicht schlanker.

Wahrscheinlich hatte ich auch eine meiner „wohlverdienten Trophäen" unterm Arm geklemmt, wie den Staubsauger, eine Trittleiter oder ein Rollo oder, ach, irgendwas schlepp ich immer bei Uschi und Manfred oder irgendwo weg! ☺

So hat mich also der liebe Gott zum Polen geleitet, über die Annonce in unserer Stadtteilzeitung und ich hab als erste angerufen und sofort eine Mail mit Foto geschickt. Noch ein bisserl getunt die „Mudda", (man weiß ja was Polen wünschen) und schon hat er angebissen, na ja, der liebe Gott hat ihm dann wohl den Wink gegeben, dass ich es war, die er mal da gesehen hat auf der Straße in Höhe Nr. 185, und er hat bestimmt gesagt: „Komm du polnische Wanderkakerlake, nimm die mit dem Staubsauger, der Trittleiter und dem Rollo zwischen den Knien geklemmt und mit den drei Plastikhandtaschen"! Ehrlich, manchmal komme ich mir wie in so einer Verkaufssendung einer unserer TV-Sender vor.

So kamen wir dann zusammen und er war so garstig und schlecht drauf, dass ich so über ihn zu Hause geschimpft habe, dass mein Mann es abends kaum noch hören konnte. Aber es wurde, wie gesagt, später besser, ich habe ihm sogar seine Vordrucke für Angebote und Rechnungen optimiert und er hat es angenommen ohne was zu sagen. Man muss nur den richtigen Zeitpunkt finden.

„Es ist wie im Zoo, wenn der Löwe gut gefressen hat, dann kannste auch mal nah am Gitter vorbeigehen!"

Beerdigung

Es war der 23. Juni, das Wetter war kalt und regnerisch, windig war es auch. Es fühlte sich an wie am Meer, an der Nordsee. Man fühlte sich ständig müde von der frischen Luft. Früh als ich zur Arbeit kam, rief mein Chef an, er wäre mal wieder krank „Halsschmerzen im Endstadium". Ich hatte eh nicht viel zutun, deswegen konnte ich mich noch nebenbei um alle Formalitäten für seine baldige Beerdigung kümmern!

Ich denke, er wollte nur ca. 35 cm unter die Erde, das sollte ich immer schreiben, wenn wir Wurzeln von Bäumen ausfräsen. Na ja, es ginge auch 10 cm über der Erdoberfläche, aber dann stinkt er ja rum, nee, das musste nicht sein.

Er kam dann später rein, seine übliche miese Laune, weil er fühlt dass er bald sterben muss. Ich konnte ihn dann nicht gut angucken, weil ich sonst einen Lachkrampf kriegen würde. Ich schaute dann auf meinen Bildschirm und er saß hinter mir in der Ecke auf einem Sofa - so etwa in „Schräglage". Wenn ich den Bildschirm dunkler machte, konnte ich ihn super hinter mir sitzen bzw. liegen sehen. Manchmal schwebte er auch in seinem metaphysischen Körper über dem

Sofa, dann war er kurz mal tot, ging aber nach einiger Zeit wieder in seinen materiellen Körper hinein.

Ich gab ihm Tipps zur Genesung, nannte ihm 5-10 Halsschmerzmedikamente, erzählte ihm von meiner obligatorischen Hühnersuppe und er stöhnte und sagte: „Nein, nein, nein, davon wird es nur noch schlimmer!"

Seine Frau, die ja angeblich so gut kochen konnte, kochte eben keine gute Hühnersuppe. Die wusste gar nicht wie man richtig kocht und wie Hühner so nackt aussehen! Gut, dass er damals die große Grillfeier abgesagt hat, sonst hätte ich den Fraß von ihr auch noch essen müssen. Laut Aussage von meinem Todeskandidaten, konnte sie Kuchen und Gebäck am aller besten. Zum Grillfest kam ja dann ihr Vorschlag: „Kuchen mit ganz vielen Früchten, vor allem aber Ananas!" „Oh mein Gott", wirf der Ollen doch endlich mal gute deutsche Kochbücher vom Himmel, am besten direkt auf die semmelblonde Hirse", dachte ich.

Die hatte wahrscheinlich noch ein paar Dosen Ananas von 1865 im Schrank stehen oder aus Polen mitgebracht?! Die sollten jetzt unbedingt auf den tollen Kuchen. Bis dahin hatte ich noch nie was von der gesehen, was die in der Küche fabriziert hatte. Er schwärmte von Ihrem Essen, ging aber lt. eigener Aussage in einen Schnellimbiss auf der Landstraße essen, weil der ja die besten Schnitzel der Welt hatten.

Vielleicht fuhr der auch an irgendeinem Zoo vorbei und angelte den Löwen das Fleisch aus dem Gehege. So ein riesiger Körper braucht viel Eiweiß und Muskelfleisch. Die Ananas konnte er sich zur Verzierung noch in die „Futt" stecken.

Die arme Frau vom Zyklopen hatte ja auch so viel zu tun, die saß den ganzen Tag zuhause am PC chattete sich die Rübe leer oder voll, wie auch immer und ab nachmittags musste sie die Tochter aus der Kita abholen. Was für eine große und schwierige Aufgabe, so dass man dann noch überhaupt Zeit für so eine schwierige Torte hat?

Am meisten hat mich aber geärgert, dass er „Tiefkühlpizza, als „gutes deutsches Essen" bezeichnete. Da bin ich fast ausgerastet. Das hat mich so dolle an meiner arischen Ehre gepackt und es tat weh. Das denken die Polen wohl alle, hat er mir erzählt.

Mir ist das aber auch klar, wenn ich höre, mit welchen deutschen Leuten er damals verkehrt hat. Da gab es eine deutsche Familie hier in unserem Ort, das war ein ganzer Clan voller Suffköppe „Der Gluck Glucks Clan" wahrscheinlich?!

Bei uns zuhause wurde und wird heute immer noch gutes Deutsches Essen gekocht.

Da kommt kein anderes dran, weder das Englische, Französische oder selbst das Holländische haben uns nicht überzeugt.

Gutes Fleisch, leckerer Braten zum Sonntag mit vernünftigen Kartoffeln und Gemüse, gute Soße dazu und Nachtisch. Unsere Küche hat Hand und Fuß. Da wird nicht alles zusammen in einen Pott gepröfft. Und wenn, dann heißt das bei uns Eintopf und bei dem weiß man genau was alles drin ist.

Seltener mal was aus Dosen oder aus der Tiefkühltruhe, obwohl man das mit Brokkoli und Spinat gut machen kann. Man kann überhaupt alles machen, wenn man nicht gerade Mutter ist. Junggesellen müssen überhaupt nicht kochen, wenn sie keine Zeit haben. Die können von mir aus in die Pommesbude gehen, so oft sie wollen.

Meine Jungs sollen aber, egal wie alt sind, zur Mutter kommen und vernünftig essen, falls es ihnen möglich ist. Das mache ich gerne, auch wenn das manche „altbacken" finden. Gegessen wird immer noch zuhause. Das gilt im Übrigen auch für meinen Mann.

Ach, und bleibt mir bloß weg mit polnischen Nationalgerichten. Ich könnte jetzt noch würgen, wenn ich an die polnische Gurkensuppe denke. Da krallen sich mir die Fußnägel in die Schuhe. Oder dieser komischer Eintopf. Da wird aber auch alles rein geschmissen, was man im Wald findet. Rindfleisch, Schweinfleisch, Wild, Pilze egal, grün oder gelb, der Jäger...alles rinn in den Pott.

Das Gericht soll über Hunderte von Jahren alt sein und mir schmeckt es auch so. Von diesen gefüllten Teigtaschen war ich auch nicht begeistert. Das ist alles nicht nach meinem Geschmack. Genau wie das Gericht mit Blutwurst und Graupen.

Aber wie bei allen anderen Dingen auch, sind die Geschmäcker halt verschieden. Mir schmeckt es nicht und es ist auch nichts für meine Augen. Ich habe es lieber schön übersichtlich und Tiefkühlpizza kommt bei uns überhaupt nicht ins Haus.

Im November darauf, war es dann wieder so weit. Das Wetter wurde nicht nur dunkler, es kam auch die zweite Beerdigung.

Der Zyklope lag mal wieder im Sterben. Er hatte so ganz spontan an einem Samstag eine Halloween-party feiern müssen und ihm ging es an diesem Tag früh noch so schlecht. Es regnete auch wieder den ganzen Tag, passend zu seiner Stimmung. Er war halbtot und lag wieder in Schräglage ohne Schuhe auf dem Sofa.

Er hätte ganz viel Wodka trinken müssen, erklärte er mir! Das hätten ihm die „Untoten" nachts befohlen, anders ließ sich das ja nicht erklären, da er ja sonst nichts trank. Er hatte bestimmt zuhause wieder den „Zombie" gegeben.

Polizei war aber an diesem Tag nicht anwesend, sonst kamen die ja öfter gerne mal vorbei.

Die haben bestimmt den leckeren Ananaskuchen seiner Frau gerochen. Er hatte dann gar nichts getan, er wollte nur spielen. Die Polizei weckte ihn dann, wackelte an seinem dicken Zeh, denn er schlief ja nur ganz brav immer und man verwies ihn dann seiner Wohnung.

Wenn er sich sträubte, weil er ja nix getan hatte, zogen sie ihn an den Socken zur Tür raus.

Dann wohnte er normalerweise im Büro, nur ein paar Tage oder Wochen, bis sich alles wieder beruhigt hatte und die Scheidungsanträge wieder zurückgezogen wurden.

Dann war aber seine Frau „och" noch schwanger und machte einen auf sterbenden Schwan. Er war so fertig. Er legte sich auch an diesem Tag auf sein Sofa zum Sterben.

„Mein Gott", hab ich gedacht, das wollte ich mir jetzt nicht auch noch vorstellen, wie der Zyklope mit „seenem eenen Oge" uf der blondgefärbten Bogumilla liegt.

Das mit der blonden Haarfarbe müssen wir aber noch dringend üben. Das ist kein blond, wie wir das kennen, das ist so grünlich, wie das Innenleben eines 10 Jahre zu spät gefundenen Ostereies.

Er hielt seine Hand an sein Herz und ich dachte, jetzt ist es so weit, jetzt stirbt der Zyklope in echt, vor meinen Augen! Zuerst hatte ich gedacht, der betet wieder, oder jetzt kommt was ganz abgefucktes, womit ich nicht gerechnet hätte und er kniet nieder und macht mir einen Heiratsantrag!"

So sah das im Ansatz aus, weil er schon etwas in die Knie sackte und die Augen verdrehte. Aber nein, bzw. „Gott sei Dank" er hatte mich ernsthaft gefragt, was er jetzt machen soll und klang und sah dabei aus wie der singende Seelefant.

Hä, dachte ich so bei mir, da fragt der gerade mich? Wie soll ich das denn wissen, bei mir ist doch schon alles schief gelaufen, was geht! Na ja...die ersten Jahre zumindest, aber ich war ja lernfähig. Jetzt sollte ich dem Polen sagen wie der Hase läuft? Der soll sich erst mal eine „gute deutsche Tiefkühlpizza" warm machen und sich `ne Wärmeflasche mit Wodka auf den Bauch legen.

Ich habe ihm dann einen schönen Spruch gesagt, den er nicht wirklich verstanden hat, der heißt: „Das beste Krut loss ihm drut!" Das hat meine Omma schon immer gesagt und das ist das einzige was hilft. Also, ich meine vorher! Sozusagen eine „Vorbeugungsmaß-nahme". Das andere war ja der Essiglappen, den kann man ja zusätzlich noch drumbinden, das hilft auch gegen üble Gerüche.

Und wie ich es schon länger geahnt hatte so kam es dann auch.

Nach einiger Zeit hatte ich meine Karriere beim Zyklopen an den Nagel gehangen. Er war einen Schritt zu weit gegangen. Ich hatte den Polen lange genug gewarnt. Mit einer Bombologin geht man so nicht um. Als ich endlich in den Sack gehauen hatte, ging mir das runter wie Öl!

Drei Jahre hatte der seine Launen an mir ausge-lassen, mich blöde angemacht, mir die Ohren vollgesülzt, in den Papierkorb gejammert.

Gestorben ist er drei bis vier Mal und immer wieder hat der mich angeschnauzt, weil er mies drauf war, vielleicht auch, weil es ihm nicht schnell genug ging mit dem dahinsterben. Man stirbt auch eben nicht mal eben so schnell. Da muss man schon echt krass krank sein oder man wird ermordet. Mit Wodka kann das lange dauern, da wird man eher vorher blind.

Dabei hatte ich die Beerdigungen so schön durchdacht und vorbereitet, aber nix. Da hatte ich mir geschworen, nachdem mein Blutdruck mal wieder so hoch war vor lauter Aufregung. Schreit der mich noch einmal an, hau ich in den Sack!

Und ich stellte mir damals so vor:

„Hinterher sterben wir noch an einem Tag gemeinsam und man findet uns beide hier im Büro auf den Teppich liegend, Hand in Hand. Wie es der Zufall will, fallen wir beide gleichzeitig auf den Boden und seine Hand greift nach meiner. Was soll mein Mann da von mir denken? Da wird mir hinterher noch ein Verhältnis mit dem Zyklopen angedichtet. Ja, wie sieht denn das auch aus? Oder der Zyklope rastet einmal richtig aus und bringt mich um. Seine Hände sind ja so groß wie Klodeckel, wo der zupackt, da wächst kein Gras mehr. Der ist ja bestimmt auch über zwei Meter groß?"

Es passiert so viel Ungewöhnliches im Leben, das man es nicht glauben mag. Und gerade mir ist schon so viel passiert, was eigentlich gar nicht möglich gewesen wäre. Deswegen alleine schon musste ich da weg. Genau so habe ich es dann auch gemacht. Es war genau ein Mal zu viel gebrüllt, „lieber Herr Zyklope!" Meine Nerven hatten das in meinem Alter einfach nicht mehr ausgehalten. Dabei mochte ich ihn teilweise sogar, weil es auch manchmal lustig war mit ihm. So einen Chef hatte ich noch niemals in meinem Leben.

Egal was es auch war, was er brauchte Privat oder fürs Geschäft, alles musste sofort passieren.

Da konnten mir die Leute am Telefon sagen und bestätigen, dass sie keine Zeit hatten in den nächsten Wochen. Das hat er nicht akzeptiert. Der hat solange, hinter mir getobt, bis irgendeiner, aus Mitleid zu mir, nachgegeben hat.

Der hatte sich am Telefon so unverschämt benommen, wie ein wütendes Rumpelstilzchen, dass ich ihm sagte, das ich so etwas nicht mache, er solle das selber machen, Leute beschimpfen und volltexten. Dann ist der ins Geschäft gekommen und es ging lustig weiter mit dem laut brüllen, beschimpfen und den tausenden von Wieder-holungen und dem furchtbar gefauchtem Deutsch, was sich tatsächlich immer wie schlechtes Tschechisch anhörte.

Ich kam mir vor, wie in der deutsch-tschechischen Koproduktion aus den 70iger Jahren mit Pan Tau.

Da habe ich gesagt: Nö, ich mache das nicht mehr!" Dann hat er da gestanden, wie so ein wütender Buddha und hat gefaucht, er würde sich eine andere „Frau" suchen.

Klar, hab ich gesagt, von mir aus, dann soll er damit mal anfangen, ich wär dann jetzt weg. Am liebsten hätte ich ihm noch, um meinen Worten eine gewisse Bestimmtheit zu geben, über seine stoppelige Bowling- kugel gestreichelt.

Aber solche Aktionen spielen sich leider nur in meinen Gedanken ab.

Wie oft habe ich als virtueller Pandabär mit einer kämpferischen Grundausbildung gegen die Ungerechtigkeit der Welt gekämpft.

Ich habe den Schritt, wirklich ernsthaft zu gehen, bis heute nicht bereut, auch – wenn das Pflaster auf dem heutigen Arbeitsmarkt, für einen alten kämpfenden Pandabären, nicht einfach ist. Bis ich etwas Neues finde oder sich etwas ein neues Abenteuer ergibt, sitze ich schön gemütlich in meinem goldenen Käfig und fresse Bambusblätter.

Patientenverfügung

Mein kleiner Pingu hatte letztens einen janz runden Geburtstag. Sie hat es tatsächlich geschafft 80 Jahre alt zu werden, trotz ihrer doch ziemlich schweren Erkrankungen in ihrem Leben. Als ich Kind war, weiß ich noch genau wie viel Angst ich um sie hatte, sie könne mir sterben. Ich war immer sehr nah an meiner Mutter dran. Ich bin nie alleine mit der Schule weggefahren. Nicht in das Schullandheim oder in die Jugendherberge. Nein, ich wollte mich nicht von ihr trennen. Diese Verlustängste sind bestimmt daher gekommen, dass unser Vater – als ich gerade zwei Monate alt war und meine Schwester knapp Zwei Jahre – einfach abgehauen ist. Später hat man rausgefunden, dass er sich in die Fremdenlegion abgesetzt hatte.

Für sechs lange Jahre sollte er verschollen bleiben. Das hat uns sicherlich geprägt und diese Angst bei mir sowie auch diverse Ängste bei meiner Schwester ausgelöst, dass meine Mutter auch noch verschwinden könnte. Von selbst bin ich eigentlich nirgendwo hin, das war schon ein Drama alleine in die Schule zu gehen.

Sie hatte schon als Kind schweres Bronchialasthma und es kam vor, dass sie im Wohnzimmer auf dem Sofa lag, keine Luft bekam und Panik hatte zu ersticken, so dass sie sich in meine Hand krallte. Sie wollte nie, dass man den Arzt rief, weil sie Angst hatte, man würde sie dann ins Krankenhaus bringen. Heute hat sie immer noch Angst vorm Krankenhaus und sie war, soviel ich weiß, auch nur einmal drin. Da ist sie aber wieder ganz schnell weg, weil die Untersuchungen machen wollten, die sie nicht wollte. Sie hat gesagt: „Die wollen doch nur an mir üben!" Ich kann sie verstehen und was Pingu nicht will, dass will sie eben nicht. Bewusst ist mir das alles geworden, was das bedeutet im Alter, wenn man mal ins Krankenhaus kommt und man sich nicht mehr äußern kann, durch diese Patientenverfügung. Damit kam der Pingu vor einigen Wochen an.

Es gab in der Familie eine große Diskussion, wofür das nun gut sein solle? Auch bei den Bewohnern der Stiftung waren viele in Aufruhr, denn es war das große Thema, welches die Sozialarbeiter mal irgendwann bei der letzten Versammlung in die Runde geworfen haben. Dort wo meine Mutter seit fast 10 Jahren schon wohnt, nennt sich

„Service-Wohnen", nicht mit einem Altenheim zu verwechseln! Da bestehen die Bewohner strengstens drauf, denn sie wohnen ja eigenständig in ihren Wohnungen. Sie kochen selbst, machen was sie wollen und haben halt jeder eine Anlage in der Wohnung, wo sie den Notdienst rufen können. Eine Strippe über dem Bett, eine im Bad und eine im Wohnzimmer zentral. Diese wurden jetzt auch noch durch Armbänder, die in der Wohnung zu tragen sind, ergänzt. Das heißt, sollte mal jemand nicht in der Nähe einer Strippe zu Fall kommen und sich nicht mehr bewegen können, so kann der Notruf über das Armband ausgelöst werden. Das finde ich sehr gut und äußerst sinnvoll. Die ganze Seniorenanlage mit den schönen Wohneinheiten und den tollen Terrassen, Balkonen und Laubengängen ist das Beste was ihr je passieren konnte. Sie wollte da vor vielen Jahren hinziehen, weil dort alles schon altersgerecht bzw. behindertengerecht gebaut wurde.

In der Mitte der Wohnungen steht eine Art Atriumbungalow, das ist ihr Gemeinschafts-Häuschen, in dem viele Feste und Feiern sowie Treffen stattfinden. Dort kommen die Sportlehrerin hin und auch der Pfarrer einmal in der Woche.

Wer also mit dem Herrn Pastor turnen möchte, geht Donnerstag und wer etwas aus der Bibel hören möchte geht zur „Annette!" Oder andersrum.

Mein Pingu schläft beim Pfarrer so gerne ein, hat sie mir gesagt. „Der spricht aber auch immer so schön, da schlaf ich dann ein." Das ist so ähnlich, wie wenn ich zuhause im Bett noch meine „Lieblings-Toten-Sendungen" gucke. „Autopsie oder Anwälte der Toten" etc. Der Sprecher hat so eine schöne schnurrende Stimme, die mich alsbald einschläfert. Ich kann die Sendungen auch alle doppelt und dreifach schauen, es ist mir völlig egal ob ich den Fall kenne oder nicht, Hauptsache ich kann dabei schlafen. Und so scheint es meiner Mutter zu gehen. Wahrscheinlich hab ich das von ihr geerbt, sozusagen.

Wir waren jetzt bei der Patientenverfügung stehen geblieben. Pingu hat sich gewunden diese auszufüllen. Sie hat erst die ganze Familie damit wild gemacht. Jeder hat für sich überlegt, ob das wirklich sinnvoll ist. Sie hat damit so gedrängelt, als wäre es am Wochenende so weit. Aber die „Alten" unter sich haben Gas gegeben, weil jeder der Erste sein wollte, der es dem Sozialarbeiter abgibt. Untereinander haben die sich dann noch aufgeputscht. Deshalb war unsere Mutter so unruhig, denn sie gewinnt halt gerne. Dann wollte sie auch unbedingt, dass wir Schwestern das zusammen mit ihr ausfüllen kommen. Das war aber nicht so einfach, jeder wohnt in einem anderen Ort – jeder so ca. 30 Minuten entfernt und beide gingen wir arbeiten. Zusammen schaffen wir es selten dort hin. Während ich es wenigstens einmal in der Woche schaffe, bekommt meine Schwester das vielleicht einmal im Monat hin. Sicherlich geht sie am Tag länger arbeiten, ich mach nur halbe Tage oder wie jetzt – erst mal nicht mehr. Klar, hab ich mehr Zeit als sie.

Aber man könnte es sich auch besser einteilen, wenn es einem wichtig ist. Irgendwann bereut man es, nicht zur Mutter gefahren zu sein. Aber da muss jeder seine Prioritäten selber setzen. Es gibt Dinge im Leben, die kann man nicht mehr zurück holen.

Und genau das, tut hinterher weh. Ich kenne das von einer anderen Situation her und das holt einen hinterher immer wieder ein. Also, kann ich nur jedem dazu raten, sich die wichtige Zeit zu nehmen, es einfach machbar machen. Nicht lang schnacken… machen! Damit kann man hinterher wunderbar leben, ohne sich Vorwürfe machen zu müssen. Und ehrlich, die Eltern bzw. wie in unserem Fall – unser Pingu hat es sich verdient

So, da saßen wir nun doch zu dritt am Tisch bei Pingu und vor uns diese vielen Seiten der Patientenverfügung. Bei solchen Fragen, ob sie z.b. wiederbelebende Maßnahmen erhalten möchte, falls es ganz kritisch werden sollte…schluckte sie.
Ihre Augen waren so groß wie bei einem ängstlichen Kaninchen. Das Ganze war ihr nicht geheuer. Sie will nicht über den Tod sprechen und schon gar nicht über den evtl. Ablauf. Sie möchte sich nicht damit befassen, kurzum, das Thema ist äußerst unangenehm und macht ihr Angst.
Und vor allem, wieso soll sie denn sterben, jetzt wo alles so gut läuft? Sie fühlt sich so wohl wie noch nie, hat die 80 Jahre geschafft und ist stolz wie Bolle. Kinder sind alle gut versorgt und sie möchte auch noch in den nächsten zwanzig Jahren – bis sie 100 ist gegen die Hausmeister bowlen.

Sie möchte nach wie vor jede Woche zur Gymnastik „mit dem Pfarrer und bei Annette einschlafen.

Sie hat noch richtig Ehrgeiz gegen die anderen Damen beim Kartenspiel zu gewinnen. Und sie sagt auch immer, dass nur schlaue Köpfe Karten spielen können. Sie ist so ein schlauer Kopf, vielleicht wäre sie, wären die Umstände damals anders gewesen, Kommissarin geworden. Im Nachspionieren und recherchieren ist sie super. Selten kann man etwas vor ihr geheim halten und oft ruft sie mitten in einem Ehestreit an oder, wenn man sich gerade mal einen „gesüppelt" hat. Sie hat so das gewisse Gespür für prekäre Situationen und sie reimt sich oft die richtigen Dinge zusammen oder oft noch viel schlimmer als sie eigentlich sind.

Auf jeden Fall ist sie auf der richtigen Fährte und einem Verhör mit dieser energischen Kommissarin geht man, wenn man es noch vermeiden kann, aus dem Weg. Sonst wird es unangenehm.

Wir sitzen immer noch vor dieser Patientenverfügung Es kommt noch schlimmer, ein furchtbares Szenario folgt dem Nächsten so oder ähnlich. *Es geht um einen möglichen Atemstillstand: „Möchten sie wiederbelebt werden, auch wenn keine Aussicht auf ein späteres normales Leben besteht?"* Oder: *„Sie infolge eines weit fortgeschrittenen*

Hirnabbauprozesses (z.B. bei Demenz-erkrankung usw.) auch mit ausdauernder Hilfestellung nicht mehr in der Lage sind, Nahrung und Flüssigkeit auf natürliche Weise aufzunehmen?
Das ist jetzt nicht unbedingt der gleiche Wortlaut und es gibt auch immer andere Vordrucke im Internet. Nur, damit man mal einen Einblick davon bekommt, was da so alles gefragt wird.

Wir sind bei dem Absatz mit den *„Lebenserhaltenen Maßnahmen"* und wir müssen sie das ja fragen, wie wir verfahren sollen, wenn es nach ihren Wünschen geschehen soll, im Falle eines Falles. Ich versuche an mancher Stelle es etwas „lustiger" zu gestalten, damit die Situation etwas aufgelockert wird, aber das findet sie ebenso blöde wie die andere Sache.

Also, bekomme ich einen Rüffel und ich solle das doch mal mit einem gewissen Ernst angehen und nicht immer alles ins Lächerliche ziehen. Klar, wenn es nach mir ginge, würde ich mir diesen „Ernst" gerne einmal vorknöpfen und ihn fragen, was ihm eigentlich einfällt, immer dann aufzutauchen, wenn es gerade lustig wird.

Ich wurde als Jugendliche mal zu einer Beerdigung geschickt bzw. es war die Mutter meines Handballtrainers, die verstorben war. Ich hatte sie weder gesehen, noch jemals mit ihr ein Wort gesprochen. Außer meinem Trainer und ein paar alten Kameradinnen kannte ich dort niemanden. Ich bin wohl in Vertretung meiner Schwester dahin gegangen, weil sie damals mit ihm enger befreundet war, aber verhindert. Als ich da so in der Kirche saß und alles still wurde, bekam ich plötzlich einen Lachflash. Ich nahm mir schnell ein Taschentuch und tat so als würde ich weinen.

Mir wurde heiß und kalt, weil das nicht aufhören wollte und ich nur noch lustige Gedanken im Kopf hatte. So ging es mir immer in meiner Kindheit oder Jugend, wenn es mal Ernst werden sollte. Vielleicht war das ein Selbstschutz von meinem Körper, mit stressigen Situationen umzugehen?! Auf jeden Fall, war das peinlich und ich hab es nicht vergessen.

Und es ist bei mir so, wie es immer schon war, ich werde einfach Missverstanden. Dass ich ihr es damit nur leichter machen wollte, hat sie nicht erkannt, oder war einfach zu aufgeregt.

Na ja, wir sitzen immer noch über der Patientenverfügung und wir sind schon ein Stück weitergekommen. Auf jeden Fall, da kann sich meine Mutter 100%ig sicher sein, werde ich sie nicht alleine lassen, auf jeden Fall werde ich genau überprüfen, ob sie richtig tot ist, denn das macht ihr große Sorgen. Selbstverständlich werde ich sie, sollte der Fall einmal eintreten, dass sie zum Liegen kommt, nicht aus den Augen lassen Tag und Nacht. Sie soll alles bekommen was ihr gut tut und es soll alles so werden, wie sie es gewünscht hat und noch darüber hinaus. Ich werde sie niemals alleine lassen und ich werde ihre Hand halten und wenn sie ihre müden Augen aufmacht, immer noch bei ihr sein. Das bin ich ihr schuldig und anders lasse ich es nicht zu. Ich weiß aber, dass meine Schwester das genauso sieht wie ich. Unsere Mutter kann auf uns zählen und das soll sie zu Lebzeiten wissen.

Endlich haben wir die Patientenverfügung fertig. Wir haben alle unterschrieben und es gibt dazu noch eine Vollmacht die wir ebenfalls alle ausfüllen müssen.
Jetzt ist Pingu wieder lockerer und erleichtert. Sie klappt die Mappe zusammen und verstaut sie in ihrem Wohnzimmer-schrank.

Man sieht ihr an, wie sie das doch all die Wochen belastet hat, aber nun, haben wir fertig!" Jetzt können wir uns endlich wieder Witze erzählen oder uns ein bisschen Zanken. Das machen wir oft, wenn wir zusammen hocken, einer tanzt immer aus der Reihe und eigentlich, weiß hinterher keiner worum es eigentlich ging. Aber, das legt sich recht schnell wieder. Wir sind halt ein Haufen alter Hühner. Es ist aber mit dem Alter auch besser geworden, wir haben ja alle dazu gelernt.

Ich glaube nach diesem Nachmittag hat sich Pingu einen hinter die Binde gegossen. Aber das kann ich auch gut verstehen. Mir war auch so nach „Hugo" oder „Dornfelder lieblich" wie ich nach Hause fuhr. In der letzten Zeit bin ich auf „Rotkäppchen halb trocken" gekommen. Das ist gut, denn ganz trocken, das ist eher was für die beiden. Es wäre total lustig, wenn es ein Getränk gäbe, dass zum Beispiel „Furztrocken" hieße. Trocken hin oder her, auf jeden Fall brauchen wir Mädels ab und zu mal ein paar Umdrehungen mehr. Mein Gott, was haben wir früher in England viel gesoffen? Ich hab so gerne kaltes Bier getrunken und heute denke ich, ich war in meinem früheren Leben ein Bauarbeiter.

Ein richtig guter muskulöser Bauarbeiter, der mit braungebranntem Oberkörper ganz hoch oben auf dem Gerüst steht mit einer dicken Semmel Schnittlauchleberwurst und dazu sein eiskaltes Bier trinkt.

Hörgeräte und Rollatoren

Janz wichtig im Alter! Turbo gute Hörgeräte und einen Turbo Rollator, aber der Beste unter den Rollatoren.

Vor einigen Jahren ging es los. Die Odyssee mit den Hörgeräten für den Pingu.

Jeder der Eltern hat, muss sich irgendwann einmal damit auseinandersetzen. Hörgeräte, Gehhilfen, Rollatoren, Rollstühle etc. und dann geht's eigentlich schon los. Das ist nicht einfach, kann ich euch sagen. Man darf die Alten nicht einfach alleine laufen lassen um sich bei einem Hörgeräteakustiker beraten zu lassen. Aus Erfahrung kann ich sagen, das wird nichts. Ich möchte den Hörgeräte-Leuten nichts Böses unterstellen, denn die müssen ja auch Umsatz machen. Es gibt auch da leider, und eigentlich wie anderswo auch, krasse Unterschiede.

Das fängt bei den Krankenkassen an, da muss man sich erst mal erkundigen, was zahlen die überhaupt dazu? Während die einen Rentner sehr viel ersetzt oder bezuschusst bekommen, müssen die anderen mit Kassengeräten auskommen oder einen gewissen Betrag dazu zahlen. Das lässt sich aber alles klären.

Ist für einen alten Menschen aber auch etwas viel „Input" auf einmal.

Bei Pingu stand von Anfang an fest, dass sie nur den Porsche unter den Hörgeräten haben muss. Man gönnt sich ja sonst nix. Und überhaupt, wenn schon so ein fieses Ding im Ohr, was ihren Kopf ja völlig verunstaltet, wie sie sagte, dann aber mal richtig teuer. Dabei hat Pingu noch einen hübschen Kopf, den aber so ein kleines Hörgerät nicht verunstalten wird.

Dabei sind die Dinger heute, auch schon die Kassengeräte, so winzig, dass man nichts sieht. Ich bin mit ihr dann in das Geschäft gegangen. Selbstverständlich sind die Mitarbeiter dort sehr freundlich. Zuerst wird alles Mögliche getestet, damit man den Schweregrad der Hörminderung feststellen kann. Diese unterschiedlichen Töne herauszuhören, die dann abgespielt werden, in solchen schalldichten Räumen, ist recht schwierig. Aber gerade das macht es ja aus. Was nicht gehört wird, wird registriert und die Hörgeräte genau angepasst für beide Ohren. Dazu gehört zu Beginn ein Gummiabdruck des Gehörgangs. Man sollte da wirklich zu jedem Termin mitgehen.

Beim zweiten Termin sagte mir der Verkäufer: „Das nächste Mal kann ihre Mutter aber auch alleine kommen!" Klar, hab ich mir gedacht, damit du sie schön zu lullen kannst. „Nö, hab ich geantwortet, ich hab Zeit, da ich im Moment nicht arbeiten muss, da kommen wir immer gemeinsam!" Das hat ihm nicht so gut gefallen, denn auch an diesem Tag hatte ich einige Dinge hinterfragt. Das kommt wohl nicht so gut an. Der Verkäufer schraubte an den Ohren meiner Mutter herum bzw. an den Hörgeräten. Er machte dabei so einen komischen Buckel und sah mich dabei verstört an. Das sah jetzt für mich komisch aus, als würde Frankenstein an seinem Monster das Feintuning vornehmen.

Am besten ist für das Hörgerätegeschäft, wenn die Alten alleine kommen, die ja sowieso gehandicapt sind, die hören ja auch nicht alles richtig. Bei den Beratungsgesprächen zu den Modellen wird sehr viel gefragt, zu welchem Anlass man das Hörgerät am meisten benötigt. Ob man es viel in Gesellschaft tragen möchte, ob man noch am Straßenverkehr teilnimmt, oder einfach zum TV gucken, all das muss vorher geklärt werden. Auf die Frage hin, ob meine Mutter aktiv am Straßenverkehr teilnimmt, sagte sie: „Na klar, ich fahr doch immer mit dem Fahrrad und höre die Hupen nicht!" Da bin ich fast vom Stuhl gefallen. Klar fährt sie Fahrrad, aber doch nicht täglich, halt ab und zu mal. Der Berater sagte, ja dann müssen wir das auch noch ankreuzen und so rutscht man immer eine Klasse höher. Natürlich wollen die alten Leute in Gesellschaft besser hören, da gibt es dann aber wieder andere Hörgeräte die bestimmte Geräusche herausfiltern können, wenn viele Menschen sprechen. Das wird dann wieder teurer und so kann pro Ohr ein Hörgerät schon mal gerne 5.000,00 € kosten. Dazwischen liegen viele Spannen. Das Gute an der Sache ist aber, man kann bis zu drei Hörgeräte testen und anstandslos wieder zurückgeben. Ihr hat tatsächlich damals das Kassengerät sehr gut gefallen, was die Hörleistung und Tragegefühl angeht. Darum hatte sie sich auch dafür entschieden. Wer kann schon 5.000,00 € dafür auf den Tisch legen?

Man kann sich sogar von einem Arzt, der von der Krankenkasse geschickt wird, beraten lassen. Das geht telefonisch sowie auch persönlich. Da sollte man mal nach fragen. Ich habe, weil es so schwierig wurde, mit einem Arzt dort telefonisch gesprochen.

Da bekam ich wertvolle und gute Tipps, die wir mit in die Beratungsgespräche einbauen konnten.

Dass ein Kassengerät genauso seinen Zweck erfüllt haben wir feststellen müssen. Aber egal wie teuer diese Dinger auch sind, die meisten alten Leute lassen sie nach einiger Zeit einfach in den Schubladen liegen und ziehen sie nicht mehr an. Pingu macht das auch. Wenn ich sie frag, sagt sie immer nur: „Ach die sind in dem Reinigungsgerät!" Prima, da liegen sie gut und schon seit Monaten. Aber hätte ich nicht so etwas geahnt, wäre ich nicht mitgegangen. Ich wollte mir das mal ansehen, wie das so abläuft und mir war klar, wo das Hörgerät dann später landet. Das wäre mit den ganz Teuren auch nicht anders geworden. Dabei ist es so anstrengend mit einem schwer-hörigen Menschen eine richtige Unterhaltung zu führen. Dass nebenbei immer mehr Gehirnzellen verloren gehen, wenn man so schlecht hört und arg Demenz gefährdet ist, interessiert auch keinen – zumindest Pingu nicht.

Und wie soll es da anders sein, als mit den Turbo-Hörgeräten, wenn es um einen Rollator geht.

Natürlich auch der Porsche unter den Rollis. Dabei kann ich das aber noch verstehen. Da geht es um die Bereifung, da geht es um das generelle Aussehen, um Stabilität, wie viel so ein Rolli wiegt, er muss ja auch mal gehoben werden und wie gut ist er zusammenklappbar? Wie gut und belastbar ist die Tasche vorne dran? Korb oder Tasche, wenn Korb, dann kein zusammenklappen. Es gibt breitere Modelle und schmale. Da gibt es schon Konkurrenzkämpfe, wenn man damit auf die Straße geht und sich zeigt.

Es ist aber wichtig herauszufinden, wofür braucht man einen Rollator?
Abgesehen davon, dass meine Mutter schlecht laufen kann und ihr der Rücken und die Beine weh tun, ist sie immer sehr schnell unterwegs. Das liegt in ihrem naturell. Halt so eine „Turbo-Omma!" Immer schnell, schnell, schnell. Bei ihr hatte ich das Gefühl, sie wolle einen Rollator für die Rennstrecke. Wenn sie mir von den anderen Leuten erzählte, die auch schon einen haben, wusste sie genau, was ihr Rollator nicht haben sollte oder was er unbedingt haben sollte. Das hörte sich bei ihr so an, wie bei einem Mann der plant sich ein neues Auto zu bestellen. Ich finde ja schön, dass ihr nicht alles „Wurscht" ist und egal.

Sie hat Wünsche und Bedürfnisse und warum soll sie nicht das Beste für sich rausholen? Also, haben wir nach Rollatoren geschaut die mindestens acht Zylinder haben, Direkteinspritzung und „Pirelli P Zero-Bereifung.

Zuerst habe ich im Internet nach Testergebnissen geguckt. Da gibt es genauso wie beim Hörgerät gewaltige Preisunterschiede und bei den Rollatoren kann man unter Umständen auch einen teuren Gebrauchten günstig ersteigern oder kaufen. Ich habe mir die Testergebnisse angeschaut, was die alles können und wofür sie am besten geeignet sind. Es gibt aber auch immer mal gute Angebote bei den großen Discountern.

Wir haben uns dann so einen mal angeschaut. Da fand sie die Räder „billig", das hat sie auch dem Verkäufer so gesagt: „Das ist nix, die Räder sind ja total dünn und billig!" Der Verkäufer, der extra für sie den großen Karton aufmachte und alles rausholte an Papier, schaute etwas komisch. Na, das sind eben keine Pirellis.

Aber, wie soll man sich die Dinger denn ansehen, wenn die im Karton stehen? Zur Entschuldigung muss ich sagen, man sah auch, dass die gerade angeliefert waren und der Verkäufer wollte erst so gerne Mittag machen. Achtung, geht niemals mittags in einen großen Discounter und fragt zu viel oder wollt euch was zeigen lassen. Es kann passieren, dass die Euch gleich auffressen, weil die Hunger haben.

Ok, dann hat sie sich den Rollator von ihrer Freundin genau angeschaut an diesem Abend und ist zu der Erkenntnis gekommen, es sind genau die gleichen Räder oder Reifen, wie an dem günstigen Rollator. Sie hat dann am nächsten Tag nochmal eine „Inspektion" bei der Freundin gemacht bzw. bei deren Rollator ob auch alles andere gleich oder ähnlich ist.

Danach kam sie zu dem Entschluss, dass der Rollator aus dem Discounter wohl doch gut gewesen wäre. Dann haben wir erst mal nicht mehr über den Rollator gesprochen. Ich habe extra nichts mehr davon gesagt, damit sie es vergisst – erst Mal. Mein Mann hatte die Idee, ihr den Rollator doch zu Weih-nachten zu schenken, was wir dann auch machten.

Wir bestellten ihn im Internet und freuten uns auf den Heiligen Abend.

Damit haben wir ihr eine große Freude bereitet und so kam auch schon der erste Weihnachtstag.

Pingu war Weihnachten sowas von glücklich über ihren ersten Rollator. Sie hat so geweint, erstens, weil ich extra für sie am ersten Feiertag Hackbraten mit Kartoffelpüree und Rotkohl gekocht habe und zweitens, weil sie einen Rollator bekommen hat. Sie sagte: „Es ist so wie fast damals als Kind, als hätte ich einen Roller geschenkt bekommen!" Am nächsten Tag rief sie auch an und es regnete den Vormittag sehr. Ihre Freundin und sie warteten auf besseres Wetter, weil sie unbedingt raus wollten mit ihren „Rollern". Jetzt wollten die beiden endlich raus spielen und gemeinsam um die Wette fahren.

Ich hab mir an diesem Tag vorgestellt, wie die beiden mit Helm und wetzenden Gesundheitsschuhen hinter ihren Rollatoren stehen und darauf warten, dass die Nationalflagge zum Start gesenkt wird.

Aber zuerst, müssen sie warten bis der blöde, dicke Nachbar mit seinem „Safety Car" über den Laubengang vorbei ist, dann kann es endlich losgehen.

Sowas sehe ich ständig, alles was es so nicht gibt, kann ich trotzdem sehen. Das ist auch lustig, so ein eigenes Comedy-Programm im Kopf.

Aber das mit dem Rollator zu Weihnachten, das war es uns Wert, das sie so viel Freude erlebt zu Weihnachten. Eigentlich wollte ich gerne letztes Jahr mit ihr auch Silvester feiern. Sie wollte aber mit den anderen im Häuschen feiern, da wo sie wohnt. Die geben da bestimmt richtig Gas und wollen nicht, dass die Kinder zu gucken! Aber nächstes Jahr, da feier ich mit meinem Pingu zusammen ins neue Jahr.

Knüppelbude

Vor Weihnachten hatte ich einen neuen Job bekommen bzw. mir einen neuen Job gesucht. Ich wollte ja immer hier in unserem kleinen Dörfchen in so einer schönen Boutique arbeiten. Leider hat die nun geschlossen und die anderen kleineren Läden überleben hier alle nicht so lange. Da gibt es zwar noch einige Boutiquen, aber da arbeiten solche Tussen drin, das sieht schon von draußen, wenn die da so rumstehen aus, wie in der „Pupsburger Augenkiste". So was von hochnäsig und die bewegen sich, als hätten die Fäden oben an der Decke, wo ihre Gliedmaßen und der Kopp dran hängen. Warum sind die eigentlich so komisch? Ich hab das mal beobachtet, wer da so reingeht. Das sind alles solche ollen Tanten. Die gehen schon so, als hätten die einen Stock in der Futt oder früh morgens die elektrische Zahnbürste verschluckt. Was auch immer, auf jeden Fall sind die total komisch. Das ist immer so wie ein Laien-spieltheater. Jeden Tag, wenn die aufstehen, spielen die eine Rolle, die Rolle ihres Lebens – „Tusse"! Die gehen dann in diese Boutique und dann wird die Besitzerin „abgebusselt". Das dauert schon so ca. 5 Minuten bis die sich gegenseitig abgeknutscht haben.

Dann klopfen sie sich alle noch eine halbe Ewigkeit auf die Schultern, weil sie ja sowas von gut aussehen heute Morgen oder, damit unten der Stock rausgeht. Die Tür steht offen und ich höre jedes Wort und ich könnte kotzen. Leider macht sich das nicht so gut, direkt vor der Tür der ortsansässigen Parfümerie und gegenüber dem Eiscafé, wo sich früh morgens schon die Rentner zum Kaffee treffen und mit kleinen Augen aus dem großen Schaufenster raus glotzen. Ich tue so, als würde ich auf jemanden warten und spiele mit meinem Handy.

Also, die Tussen „beweihräuchern" sich noch eine Weile und dann erzählt eine nach der anderen vom Urlaub und so halten die sich dran. Da könnte ich niemals arbeiten, weil mir das so was von auf den Sack geht. Ich bin jetzt nicht schlecht angezogen und verstecken brauch ich mich auch nicht, denn ich sehe immer gut aus, ohne das mir dass jemand 100-mal sagt oder mir den Stock aus der Futt kloppt. Das kann ich selber vorm Spiegel.

Ich bin auch kein „Marken-Junkie." Ich fühl mich auch in günstiger Kleidung wohl.

Ich bestelle auch gerne Kleidung im Internet, egal wo, Hauptsache nicht so dermaßen teuer. Da ich sowieso nur Schwarz trage (ich hätte fast „Schwanz" geschrieben) und selten mal eine andere Farbe seit meiner Jugend, sieht das auch keiner.

Nicht das ich fett war als Kind und Teenager. Nein, ich habe immer viel Sport getrieben, wog mit 16 ungefähr 48 kg und „Schwarz" das passte zu meinem Inneren. In Schwarz fühle ich mich immer wohl. Als müsste es da etwas geben, was keiner sehen soll. Ich weiß nur, dass ich immer anders sein wollte, als die anderen. Ich wollte immer mystisch oder geheimnisvoll wirken bzw. so habe ich mich innendrin gefühlt.

Zurück zur Kleidung. Jetzt mag das Material vielleicht nicht so hochwertig sein, wie das der Tussen die ja nur „Markenware" tragen und ohne die Polohemden mit dem kleinen Pferdchen und Reiter nicht zum Sport gehen können. Ich kann auch in meiner Unterwäsche von „Palomino" draußen galoppieren. Wo ich da grade auf der kleinen Durchgangsstraße stehe, kommt der lebendige „Ötzi" vorbei. Das ist eine ältere Dame, die wohl ihr ganzes Leben, die ganzen achtzig Jahre, unter der Sonnenbank verbracht hat. Ihre Haut ähnelt schon sehr, der meiner Lieblingsnachbarin, die immer am Fenster vorbeischwebt. Die knistert auch schon so beim Gehen.

Wie so ein alter Aluminium-Luftballon, wo schon die Luft rausgeht oder wie das Butterbrot meines Oppas von 1946 welches den Krieg überlebt hat und nun in dem schönen braunen Pergamentpapier am Küchenfenster vorbeimarschiert. Wenn das jemand alles sehen könnte, was ich so alles sehe. Der würde das nicht glauben.

Ich würde das so gerne malen, was mir da so alles erscheint. Aber jetzt muss ich erst mal alles aufschreiben, dass passt ja auf keine Kuhhaut, dass muss raus, egal wie und schreiben kann ich schneller als malen.

So kann ich in den Fliesen in unserem Badezimmer seit vielen Jahren, unterschiedliche Figuren erkennen. Da sitzt neben den drei Eskimos vor ihrem Iglu, so ein alter Mann mit ganz langem, nach vorne spitz stehenden Bart. Ein alter Gelehrter vielleicht? Etwas höher an der Tür macht Marilyn Monroe ihren Schmollmund und vor dem Eingang (unter dem kleinen Schrank am Waschbecken) der „Silberfischdisco", hockt ein Pinguin. Mehr geben diese gräulich marmorierten Fliesen im Moment nicht her. Das ändert sich je nach Lichteinfluss, Stimmung und Tagesform.

Die Silberfischdisco ist ein kleiner grüner Behälter mit einer Öffnung vorne. Da ist Gift drin für die Silberfische, ich habe sie schon Jahre da stehen, aber die neue Generation geht da offensichtlich sehr gerne rein. Wenn ich nachts auf dem Klo sitze, dann laufen da so einige rum. Wenn ich reinkomme, bleiben sie schnell stehen, gucken blöd, dann nach einer Zeit laufen sie wieder weiter und ab in die Disco unter dem Schränkchen. Da geht dann wohl richtig die Post ab. Die bedüdeln sich dann an den Giftresten. Einer „der Anführer" von denen ist wohl mal darauf gekommen, das Gift in kleineren Dosen nicht tödlich ist und vertickt es an die jüngere Generation. Und so torkeln sie unkoordiniert danach wieder raus und laufen im Kreis und sind einfach gut drauf. Da Silberfische nicht schädlich sind und überall in den Haushalten in Badezimmern vorkommen, dürfen sie hier bleiben. Auf jeden Fall sind mir Silberfische lieber als diese dummen Tanten.

So, wieder abgedriftet, zurück zum Thema.

Jetzt ist es aber ganz anders gekommen und ich wollte so gerne noch etwas mitverdienen. Da hab ich einen großen Fehler gemacht. Ich habe mich bei einem größeren Discounter für Textilien und Nonfood beworben. Habe mich noch gewundert, dass das jetzt so schnell ging und ich eine Zusage bekam. Jetzt, nachdem ich da schon zwei Tage gearbeitet habe, weiß ich auch warum die mir eine Zusage gegeben haben. Das wollte nie einer machen und die bekommen keine Leute für diese Knüppelbude. Da hatte ich nicht richtig aufgepasst. Manchmal bin ich einfach zu gut drauf und dann begibt sich der Esel aufs Eis. Ich bin jetzt Ende fünfzig und denke auch, dass ich noch einigermaßen fit bin. Ich würde jetzt keinen Salto aus dem Stand machen oder Marathon laufen wollen, aber mit ein bisschen Training, würde ich das, als ehemalige Sportlerin, wohl hinbekommen.

Wären da nicht meine großen Hupen immer im Weg. Auch mache ich nicht jeden Tag einen kompletten Umzug mit tausenden von Papp-schachteln mit schweren Kerzen-ständern aus Glas und dicken schweren Kerzen drin. Nach den zwei Tagen Arbeit dort, fehlen mir alle Fingernägel und einige sind bis in das Nagelbett eingerissen. Ich bleibe überall damit hängen.

Und ich glaube auch, mir fehlt ein Finger. Die Bandscheibe ist mir beim ersten schweren Karton wohl rausgeflogen, verrutscht und liegt jetzt da irgendwo unter den Ständern im Staub. Und, „Juchhu", mein Fersen-sporn ist auch wieder da, was für eine große Freude. Ich bin begeistert. Ich spüre jedes Glied im Finger, auch die von dem Finger der ab ist. Und von Gliedern, die ich vorher gar nicht hatte.

Da kam doch am ersten Tag ein großer LKW mit fünf Rollcontainern Kartons in jeder Größe an. Der schlechtgelaunte „polnische" Fahrer schob die Container in den hinteren Bereich des Ladens, lud alle dort ab zwischen den Ständen. Genau da, wo die „Überwachungskamera" hing.
Der hatte an dem Tag bestimmt die polnische Gurkensuppe zu Mittag. Sicher hab ich die Kameras sofort gesehen, wie schon gesagt, will ich, wenn's mit Raketen forschen nichts wird, im nächsten Leben zum Geheimdienst.

Es konnte jetzt aber keiner mehr da durch und auch nicht mehr an die Ware. Er schob seine leere Ameise fauchend zurück zum LKW. Die Filialleitung wirkte sichtlich überfordern, denn nun ging es ans

Auspacken und Ware kontrollieren. Prima, das durfte gleich ich machen. Wenige Nummern stimmten mit denen auf den Kartons überein, also mussten die Kartons geöffnet werden und die Artikelnummern dort überprüft werden ob sie übereinstimmten. Dabei wurde mir schwindelig, denn ich hasse Zahlen und Listen wie die Pest. Das war schon eine puckelige Arbeit vor allem viele Kartons waren mordsmäßig schwer und den ersten habe ich so mal eben aus dem Stand hochgerissen. Dabei hab ich wohl auch meinen Finger verloren. Danach mussten die vielen Kartons zu den jeweiligen Regalen und Ständern verteilt werden, aber nur davorgestellt bzw. noch nicht eingeräumt. So kamen die Kunden auch kaum durch den viel zu engen und zugestellten Laden. Für Mütter mit Kinderwagen oder Omas mit Rollatoren war da kein Platz mehr. Ein furchtbares durcheinander. Da würde ich lieber einkaufen gehen und rumwühlen, als da arbeiten. Ist doch klar. Die hatten tolle Dinge zum Dekorieren.

Und obwohl ich mich auf Teilzeit eingerichtet hatte und das für mich (und auch vorher abgesprochen) jeweils fünf Stunden an vier Tagen gewesen wäre, musste ich jetzt an zwei Tagen jeweils sechs Stunden arbeiten und hatte den Rest der Woche frei. Das war auch sehr schön, denn am dritten Tag, konnte ich mich nicht mehr bewegen und am vierten Tag wäre ich bestimmt tot gewesen. Man hatte in den sechs Stunden eine halbe Stunde Pause.

Zwischendrin ist nichts mit hinsetzen mal kurz oder in der Kaffeeküche mal kurz einen Kaffee trinken, das geht Schlag auf Schlag weiter bis zum Ende. Und so fühl ich mich auch jetzt. Der junge Mann, mit der Pumuckelfrisur, der auch dort arbeitet, sagte mir am zweiten Tag, das das jede Woche so ist mit der riesigen Anlieferung und das sich auch nicht ändert.

Manchmal würde er sich einfach unsichtbar machen, damit er nicht so viele Kartons schleppen muss. Die bombardieren die Filialen ja mit Ware und die Mitarbeiter vor Ort, wissen nicht wohin damit und verzweifeln daran, aber sagen darf auch keiner etwas. Nee, lass mal gut sein, das kann machen wer will, ich auf jeden Fall mach das nicht.

Der Hammer kam aber noch. Als ich dann endlich Pause machte und dort kurz in der Küche saß, offenbarte mir die Filialleitung, das hier jeder Mal mit dem Putzen dran wäre. Ich fragte, was denn zu putzen wäre, weil man mir bei Einstellung sagte: „Sie müssen nur darauf achten, dass die Kabinen sauber sind und dass da keine Spinnweben hängen usw. und auch vor der Türe auf den Matten kein Dreck liegt, das können sie dann mal eben absaugen!" Ok, das wäre nicht das Thema gewesen. Jetzt erfuhr ich aber die ganze Wahrheit, denn hier gab es abends keine Putzfirma, die den riesigen Laden durchwischte, das müssen hier die Mitarbeiter alle alleine unter sich regeln, wer dran ist und das geht Reih um. Das heißt auch, die Toilette, eine einzige für Männlein und Weiblein, muss von jedem geputzt werden. Ich werde denen das Klo putzen, sicher doch! Das war ernsthaft eine so riesengroße Filiale, da wäre ich mit dem Wischmopp wochenlang unterwegs gewesen.

Im wahrsten Sinne des Wortes: „So ein Scheiß!" Als hätte ich hier zuhause nicht schon genug zu putzen? Sicherlich putze ich dann noch das Klo für alle Leute dieser Filiale. Unser Haus braucht auch Pflege und es ist doch so, kaum ist man oben angekommen, kann man unten schon wieder loslegen und da soll ich bei der Arbeit auch noch putzen?!

Das ist gemein und jeder der das machen muss, weil er keine andere Wahl hat, der tut mir ehrlich leid. Abgesehen davon gehe ich ja einmal in der Woche noch zu Uschi und Manfred etwas sauber machen, lecker Kaffeetrinken und all das, was die beiden nicht mehr haben möchten, wegschleppen. Aber die Toilette, putze ich nur zu Hause.

Aber jetzt heißt es wiedermal etwas anderes suchen. Das ist in meinem Alter ja auch super einfach, da schaut man in die Zeitung und schwupp, hat man einen neuen Job, so wie der oben. Prima, verarschen kann ich mich auch alleine. Diesmal war ich ja selbst so blöde mich da zu bewerben. Wenn ich in so einen Laden gehe, dann sehe ich die Tanten da immer hinter der Kasse stehen oder mal ein bisschen Ware sortieren oder falten. Das dort Tonnen von Ware einmal in der Woche ankommen, sieht ja auch keiner so offensichtlich. Toll, reingefallen und ärgerlich. Vielleicht liegt es aber auch an mir, ich habe einfach nicht richtig nachgefragt.
Auf ein Neues, mal sehen wo ich demnächst lande?!
Derweil gehe ich wieder zurück in meinen Käfig und kaue weiter an meinen Bambusblättern.

Jetzt muss ich mal dazu sagen. Ich habe einen so netten Pfleger, das glaubt mir ja gar keiner - manchmal auf jeden Fall. Das heißt der ist immer nett von Juni bis Weihnachten rum, dann kriegt der mit dem neuen Jahr irgendwie eine Krise und wird aber so was von mies gelaunt. Am schlimmsten ist es aber im Mai. Ob das die Hormone bei ihm sind? Ich weiß es nicht, ich werde den Tierarzt beim nächsten Besuch fragen, vielleicht muss ich ihn doch kastrieren lassen?!

Auf jeden Fall sieht der mal nicht schlecht aus, mit seinen grauen Haaren und Schläfen. Von ihm bekomme ich immer neue leckere Bambusblätter. Der geht auch nachmittags „ohne etwas zu sagen" mit seiner grünen Tupperdose am Gitter vorbei und lässt sie ganz langsam an den Gitterstangen anklingen. Der wirft mir dann sein altes Leberwurstbrot in mein Gehege. Ich lass mich vor Freude dann immer auf den Rücken fallen.

Und wie heißt das alte Sprichwort? „Du solltest, die Hand die Dich füttert, nicht beißen!"

Schule

Bin ich froh, dass wir jetzt die Schulzeit aller Kinder hinter uns haben. Mein Gott, war das nervig und anstrengend. Die Jungs haben wirklich alles gegeben, der eine mehr, der andere weniger. Beim Bär musste ich kaum etwas nachhelfen, der konnte echt alles von alleine machen. Er war durch unsere besondere Situation recht schnell selbstständig. Er kam mir oft vernünftiger vor als ich selbst. Wenn ich mal wieder etwas „unvernünftiges" machte, konnte ich an seinem Blick sehen, dass er es total bescheuert fand. Manchmal dachte ich, in dem kleinen Kerl steckt mein eigener Oppa drin. Jetzt war ich Mitte 20, ich war mir meines Erziehungs-auftrages schon sehr bewusst. Schließlich war ich mit 21 Mutter geworden und ich denke, dafür hab ich das ganz gut hingekriegt. Sicher war ich auch selbst noch nicht fertig oder so erwachsen, aber ich habe meinen Bären immer geliebt. Sicherlich habe ich für uns alleine gesorgt bis wir dann mal Unterhaltsvorschuß vom Amt bekamen, weil sein Vater nicht zahlte.

Bei ihm merkte ich irgendwie nichts von der Schule. Es war nie anstrengend mit den Hausaufgaben – als gäb es keine. War mal etwas auf, war es schnell erledigt.

Es gab kein langes Gemurre und Gezetere wie beim Hasen. So etwas hatte ich bis dahin auch nie erlebt, wie unterschiedlich beide doch sind. Was hat der Hase sich gewunden um von den Hausaufgaben erlöst zu werden? Was war das für ein Drama.

Der Bär und ich haben aber auch welche zusammen gemacht und wenn es darum ging ein Referat zu schreiben, habe ich ihm auch geholfen, genau wie dem Hasen. Ich kann mich noch an das Referat „Das Haushuhn" erinnern.

Der Bär hatte damals dazu keinen richtigen Plan. Ich aber schon, natürlich einen verrückten, weil ich unbedingt wollte, dass er das beste Referat macht. Also, ging ich mit ihm in unsere Bücherei und besorgte uns ein schön bebildertes Buch über das Haushuhn. Wir wollten unbedingt diese schönen Bilder haben, aber dafür musste ich das Buch auseinandernehmen weil es sonst nicht zu fotokopieren gegangen wäre. Ich trennte somit alle schönen Bilder aus dem Buch, markierte mir die Stellen, weil ich es ja irgendwie wieder reparieren musste. Ich habe aber später die Originalseiten ins Referat mit eingebunden und unsere „miesen" Kopien in das Buch geheftet.

Ich hatte schon Angst, dass die das in der Bücherei beim Durchblättern rausbekommen würden. Aber es war alles gut und das Referat war ein großer Erfolg und mein Bär war sichtlich stolz. Das war es mir Wert.

Ich konnte aber danach keine Hühner mehr sehen, denn die Bilder waren aufklappbar und aus durchsichtiger Folie, so dass man die ganzen Innereien gut sehen konnte.

Beim Hasen war schon die Grundschule ein Desaster. Er wurde von Anfang an gemobbt, weil er so eine coole Frisur hatte.

Das geht ja mal gar nicht hier bei den Schicki-Micki-Tanten. Deren Kinder sind doch die Coolsten und sie selbst erst. Da kommt so ein kleiner Junge mit einer Punkerfrisur (die er so gerne haben wollte) und einer schwarzen Bikerjacke und die hat dann das Fass zum Überlaufen gebracht. Das gab schon eine richtig Revolte. Die Jacke durfte nicht an seinem Stuhl hängen, die anderen Jacken aber schon. Die Lehrerin mobbte schön mit. Die konnte froh sein, dass man sie mit ihren langen roten Haaren nicht als Hexe verbrannt hatte. Jeden Tag kam sie mit einer blödsinnigen Beschwerde zu mir ans Fenster oder ich wurde herein gewunken, weil wieder solche schlimmen

155

Sachen passiert wären, wie „Ihr Sohn hat mit seinem Bein so doll geschaukelt, dass sein Schuh auf dem Lehrerpult landete!"

„Oh wie schlimm, das hat er bestimmt extra gemacht, denn bei unseren Kindern sind die Beine so komisch lose oben angebracht, die müssen immer schaukeln!"

Oder, er wäre hyperaktiv, nur weil er beim Aufstehen mit seinem linken Bein ein Mal in seinem eigenen Schultornister stecken blieb. Oder, weil er eine Maus in seiner Schultasche hatte, die ihm wahrscheinlich eine unserer Katzen dort hinein tat, als Pausensnack.

Wie kann so etwas nur passieren? „Oh mein Gott, eine kleine Maus in der Schultasche!" Da war aber Panik im Klassenraum, als wär ein Amokläufer unterwegs. Fast vier Jahre lang, musste ich mir diesen Schwachsinn anhören.

Es hörte nämlich bis zum vierten Schuljahr nicht auf. Ich habe, immer wenn ich zur Schule kam, schon „Rot" gesehen, nicht nur wegen der Haarfarbe der Lehrerin.

Zu guter Letzt, um uns zu retten, habe ich Kontakt mit dem Kinderschutzbund aufge-nommen, damit dem endlich ein Ende gesetzt wird. Ich ließ den Hasen komplett untersuchen und testen, ließ ein Gutachten erstellen – was alles kostenlos gemacht wurde. Das Gutachten bescheinigte dem Hasen und der Hexe, dass er zwar noch etwas langsam unterwegs sei, was mit seinem frühen Einschulungsalter zu tun hätte, er aber dafür auch sehr sorgfältig arbeiten würde. Auch ich musste mehrere Bögen ausfüllen, zum Beispiel, ob das Kind bei der Geburt einen Sauerstoffmangel erlitt und noch sonstige medizinische Fragen rund um die Schwangerschaft und Geburt. Das machte ich mit links, denn ich hatte die schönste Schwangerschaft mit dem Hasen erlebt. Es war so schön und ruhig alles. Im Sommer saß ich mit meinem dicken Bauch draußen in unserem Garten und sonnte mich, strickte Babysachen, häkelte Babyschühchen. Wir hatten weder Stress noch sorgen, alles war gut. Die Geburt war auch so schnell und der Hase hatte dreimal die beste Bewertung bei den Apgarzahlen. Er war kein Schreikind, er war total lieb und schlief wie ein nasser Sack – und das macht er bis heute.

Ich präsentierte also der Hexe das Gutachten und endlich war Ruhe im Schacht.

Kein tägliches Heranwinken mehr, keine blöde Anmache mehr, wenigstens für das letzte Jahr auf der Grundschule, hatten wir Ruhe vor dieser Lehrerin.

Die Kinder benahmen sich aber trotzdem noch genauso blöde, weil sie von ihren Eltern so gepimpt wurden. Nur weil ein Junge kein Fußball mag und lieber Mädchen jagt, ist er doch nicht unnormal. Er fand es normaler sich viele Mädchen zu fangen, als mit elf Jungs hinter einem blöden Ball herzu rennen. Aber für die „Fußballidioten" wie der Hase sie immer nannte, war er nicht normal und das ließen sie ihn auch immer spüren. Dann kam es auch noch, dass der Hase zum Gymnasium sollte, die Hexe das aber verhindern wollte, in dem sie ihn „für nicht reif genug" hielt und das auch so schriftlich mitteilte.

So waren wir aber noch in den Jahren, wo wir das als Eltern selbst entscheiden konnten, ob das Kind zum Gymnasium geht oder nicht. Und so sagte mein Mann, wo es für den Hasen lang geht. Und so baumelte die große Möhre des Lebens an einem langen Seil in Richtung Gymnasium.

Der Hase wurde aber dort auch noch getestet, weil er ja, schon fast ein Jahr zu früh in die Schule kam, was ich aus heutiger Sicht auch nicht mehr empfehlen würde, zumindest nicht bei allen Hasen bzw. Kindern.

Denn für ihn war es zu früh, er hätte gut noch ein Jahr spielen und rumtrödeln können und „seine Beine baumeln lassen, bis seine Schuhe in den Himmel fliegen!". Aber auch hier wurde er ja „auch von dieser Schule und vom Amt" getestet und für gut befunden, das er das auch schafft. Der Gutachter damals vom Amt, der meinen Hasen testete ob er reif für die Grundschule ist, hat sich bestimmt eine Stunde mit dem zweiten Vornamen meines Sohnes beschäftigt.

Das hat ihn wohl mächtig beeindruckt und so zählte er uns lustig alle Filme auf, die er gesehen hatte, in dem dieser Name vorkam und schwelgte sichtlich „überrummelt in seinem Schein" in diesen Erinnerungen. Da war der Test fast Nebensache. Der hätte auch einem Affen bescheinigt, dass er zur Grundschule kann, hätte ich einen an diesem Tag mitgenommen. Da wusste ich noch nicht, dass meine neue Nachbarin einen Schimpansen zum Freund hat.

Den Lehrern bzw. Lehrerinnen selbst ist das aber zu anstrengend. Und glaubt bloß niemand, dass man Kinder einfach so ohne jegliche Vorbildung in die Schule schicken kann. Nein, die müssen mit drei Jahren auf die Schule gedrillt werden, dass die bloß schon ihren Namen schreiben können und etwas lesen. Am besten gleich noch eine zweite Sprache hinterher geschoben. Ich empfehle „auf Englisch alle Farben und alle Bauernhoftiere" – das ist Minimum. Sonst ist der Arsch aber ab. Ein paar Worte Chinesisch wären auch von Vorteil. Am besten lässt man heute sein Kind die Speisekarte, beim Chinesen seiner Wahl, auswendig lernen. Das ist dann aber sowas von abgefahren, wenn es mit der Schule losgeht.

Das Gymnasium war doch sehr anstrengend und mit dem G8 nochmals so schwer. Trotz allem hat der Hase es geschafft. Ich habe ihn ganz sanft geschoben und ich muss sagen, ich hätte das nicht gewuppt. Hut ab, vor diesen kleinen Menschen. Ich habe erst mit meinem Hasen wieder etwas dazu gelernt und das hat mir auch Spaß gemacht, aber es war ein steiniger Weg.

Das 7. Schuljahr war irgendwie besonders schwer für uns beide. Von wegen, es wird etwas leichter? Wer hatte uns so einen Scheiß bloß erzählt? Dafür müsste ich „Maria aus dem Kakerlakenland" verkloppen! Es war so schwer und mein Hase war oft am Boden zerstört und hat auch mal geweint, trotz aller Hilfe und Unterstützung die wir ihm gegeben haben. Aber wie sollte ich ihm denn auch immer helfen können? Vieles weiß ich, aber ich versteh überhaupt nix von Mathe, Chemie oder Physik. Deutsch kann ich immer noch gut, aber auch da gibt es komischerweise „neue Worte" oder Begriffe (Wortformen o.ä.). Ich könnte schwören, die gab es früher noch nicht, genauso in Englisch. Wir haben früher viel weniger Wörter gehabt, kommt mir so vor.

Also, lernte ich mit und war fleißig. Ich machte auch immer gerne ab und zu Hasen-Hausaufgaben. Wenn das ein Lehrer gewusst hätte, die hätten mich sofort „vorgeladen!". Aber ich war darin gut, keiner hatte bisher etwas gemerkt.

Ich schrieb mit seiner krakeligen Hasenschrift nur mit der linken Hand. Mit Rechts schrieb ich einfach zu ordentlich und schön. Kam mir vor wie der Fälscher der Hitlertagebücher.

Aber verdammt noch mal, wie sollte er das alles alleine schaffen? *Wir* waren aber wirklich fleißig, machten aber auch jede Hausaufgabe. Die Lehrer waren mit ihm zufrieden, weil er immer alles hatte. Wenn ich sah, wie schön die Sonne draußen schien und er hatte so eine Menge an Hausaufgaben auf, dann musste ich ihm einfach helfen, denn ich wusste, was mein Kind auch noch dringend braucht: „Frische Luft, Sonne und Spaß – und davon eine ganze Menge!"

Das hatte mich dazu veranlasst, alle pädagogisch wertvollen Strategien für uns über den Haufen zu werfen. Nur ich alleine, die den ganzen Tag mit dem Kind verbringt sieht was mit ihm los ist, wer – wenn nicht ich als Mutter, soll wissen was er wirklich braucht?! Also, er brauchte meine Hilfe und das würde ihm nicht schaden, sondern für später auch motivieren. Ich ließ ihn nicht hängen und schob ihn sanft in die richtige Richtung. Ich war nah bei ihm und unterstützte ihn mit lieben Worten und ohne schreien und ständiges fordern.

Manchmal dachte ich: „Du kleine Pflanze bist sonst schon kaputt, bevor das richtige Leben da draußen begonnen hat.

Das werde ich nicht zulassen, genauso wenig, werde ich zulassen, dass Du mit Zwanzig einen großen Buckel hast von deinem fast 18 kg schweren Tornister, den du dann auch noch den Berg hier hochschleppen sollst?" Also fuhr ich ihn und holte ihn auch wieder ab und er freute sich, wegen der lauten Musik und weil wir wieder zusammen waren. Die anderen haben immer blöde geguckt.

Trotzdem hat er sich gut durchgeschlagen und komischerweise hatte er in den letzten Wochen bevor es Zeugnisse gab, das Ruder wieder rumgerissen.

Er kam mir vor wie ein Kapitän eines kleinen klapprigen Kutters, der fast auseinander zu brechen drohte. Im tosenden Meer und in den haushohen Wellen versuchte er die vielen gefährlichen Klippen zu umschippern und er schafft es jedes Mal auch noch die letzte Klippe zu umfahren.

Mit Ach und Krach erreichte er doch noch den rettenden Hafen! Ja, so ähnlich stellte ich mir „Käpt'n Männlein" immer im letzten Schulhalbjahr vor!

Ich hockte derweil unten in der Kombüse und rührte in der Graupensuppe.

Ab und zu rief ich hoch an Deck: „Sieh zu meen Jung – dass de die Kurve kriegst!" Und der Käpt`n ruft runter zur Mutter: „Jo Mudder, jo Mudder, dad mach ich!" Wann kommt die Suppe?

Ein ganz normaler Morgen

Wir hatten alle verschlafen – sind erst um 7.20 h aufgewacht. Ich war gerade noch in so einem schönen Traum. Käpt'n Haken war darin für ein paar Tage verreist und kam gerade mit seinem Koffer nach Hause. Ich schaute ihn an und er hatte hellblauen Lidschatten auf den Augen. Er sagte, dass hätte ihm eine Frau gesagt, er solle das machen, das würde seine schönen blauen Augen unterstreichen. In der anderen Hand hatte er einen mordsmäßigen riesengroßen Strauß langstieliger roter Rosen! „Oh ha....habe ich mir gedacht, das riecht nach gewaltiger Wiedergutmachung und schlechtem Gewissen!". Ich nahm die Rosen und klemmte sie hinter ihm mit der Türe ein! Er guckte wie ein Auto und sagte: „Du bist so gemein, ich hab doch gar nix gemacht?!" Ja, ja, wie immer in meinen Träumen, war er natürlich nie etwas schuld! Ich war aber so was von sauer! Und dann saß ich im Bett, sah aus wie die „Geyer Wally" und glotzte auf die Uhr. Mein Gatte war schon runter gerannt den Hasen wecken, seine Stimme ist immer so polternd laut und ich dachte manchmal ich wäre bei der Bundeswehr, dabei sagte der nichts Böses oder

Unfreundliches, nein, er brummelte und brummelte nur so vor sich hin.

Unser „Kind" hockte schon auf dem Bett, er hatte es geschafft von der friedlichen waagerechten Rückenlage, in eine embryoähnliche Hockstellung zu kommen. Er sprach, er schien wach zu sein, aber das war nur seine äußere Hülle, innen drin schlief alles. Sein Gehirn wabberte noch friedlich im Liquor, für alle Anti-Alkoholiker: „Nicht Likör!" Ich konnte bei ihm nicht feststellen, ob er noch schlief oder schon wach war. Das mochte daran liegen, dass sein Thalamus (das Tor zum Bewusstsein) schon arbeitete und die Sinneseindrücke auch richtig gefiltert wurden und welche und wie viel Sinneszentren bei ihm überhaupt dabei schon angeschlossen waren. So wusste man auch nie bei ihm, ob die eintreffende Information des Vaters: „Aufstehen – wach werden" auch dort angekommen ist – wo es sein soll???

Stand er dann endlich auf seinen Beinen, ging er wie ein Zombie Richtung Bade-zimmer. Jeden Morgen das gleiche Spiel! Dabei warteten doch nur lappige „etwa 100 Milliarden Nervenzellen darauf aktiviert zu werden.

Ob das aber bei unserem „Sondermodell Frankenstein" auch so funktionierte sei dahingestellt.

Ich war derweil mit meinem halben Betablocker und meiner Schilddrüsenunterfunktionstablette auf der Überholspur, auf der Treppe nach unten in die Küche. Schnell den Glaskocher angeworfen, vier Scheiben Brot in den Toaster geschmissen, zwischendurch ging Miezn seelenruhig in der Küche spazieren, als gäb es keinen Morgen mehr, (wie der Herr so sein Gescherr)! Ich hatte in Windeseile, zwei Kaffee zubereitet, für den Hasen Ovomaltine (damit er mal so richtig durchstartet), ein Käsetoast geschmiert, nochmals drei Toaste nachgeschmissen und noch eins für meinen Mann, der braucht bis heute immer vier Stück mit Marmelade. Für den Hasen und ihn jeweils ein Baguette mit Schinken für Arbeit und Schule gemacht, für meinen Hasen vier Möhren geschält, damit er besser nachdenken kann, eine Banane in die Bananen-dose, die er mal bei einer Tombola im Altenheim gewonnen hat.
Der Käpt'n hatte noch einen Apfel draufgelegt. Zwischendurch den „Kaffee to go" für ihn und „Tee to go" für den Hasen gemacht. Eine Flasche Wasser noch druff für Hasi. Die Magentablette für den Zombie lag

schon bereit mit einem Glas Wasser....puhh – das war geschafft...Miezn trottete noch immer durch die Küche im Kreis und grinste selig vor sich hin.

Denn jetzt kam Miezn dran! Schnell Katzenfutter in die Glasschale gefüllt (Miezn darf kein Plastiktellerchen nehmen) sie hatte von den Weichmachern Ausschlag am Kinn und alle Haare sind aus! ☺ Da konnte man mal sehen, dass die Katzen unter ihrem Fell nicht einfarbig sind. Die haben glatt Muster drunter, sozusagen, gestreifte Unterwäsche. Am Kinn ist sie drunter aber rosa, oben an den Ohren fehlen auch Haare, da ist sie grau gestreift. Prima, jetzt wissen wir das auch.

Mein Mann kam runter gerannt schnell an den Tisch, Kaffee. die vier Marmeladenbrote und ich dachte: „Gebt dem bloß keine Plastiktellerchen, sonst alle Haare am Kinn ab!" Hase kam aus dem Keller mit Schultasche, stopfte alle Dinge zur Mitnahme da rein, und er sprach, tiefer denn je, mit einer so brummeligen Stimme, dass es in meinen rosafarbenen Schluppen kribbelte: *„Ich habe Halsschmerzen!"*

„OMG", nicht jetzt, nicht bei der Vorabi-Klausur in Pädagogik!"

Schnell holte ich die betäubenden Halsschmerztabletten runter, gab ihm noch zwei Aspirin und einen Becher mit, falls er Kopfschmerzen kriegen sollte bei der Arbeit. Vier Stunden Klausur, er hatte verdammt viel geübt, nicht gezockt, gelernt aufgeschrieben und vorgelesen. Das musste doch mal klappen? Alle drückten wir ihm die Daumen, hatte schon die Oma angerufen, mit dem lieben Gott gesprochen und der „Heiligen Maria" – sie stand gerade daneben wie ich mit dem lieben Gott gesprochen habe und dann dachte ich noch, vielleicht ist sie beleidigt, wenn ich nur mit ihm rede?! Dabei hatte ich sie gestern noch so schön abgestaubt, damit sie wieder glänzt und wir hatten uns etwas unterhalten! Sie schaute mich gütig und etwas mitleidig an.

Käpt'n Haken hatte ihn schnell gefahren, er hatte noch nasse Haare, dann kam er rein und die Haare wehten wie bei „Karlchen im Wind!" Lieb von ihm, dass er das immer machte, dabei hat er so viel Arbeit und viel Stress und musste oft nach München fliegen. So, und am gleichen Abend gingen, der Hase und der Vater, zu einer Veranstaltung vom Arbeitsamt unter dem Motto: „Hilfe, mein Kind macht Abi!" Der Hase sollte schon mitgehen, damit er es selbst auch hört und mein Mann, weil der mehr davon versteht als ich. Also, die beiden haben das schon gewuppt an diesem Abend und vielleicht hatte der Hase danach auch eine gute Vorstellung, wie es nach dem Abi weitergehen könnte mit Ihm. Er war ja da noch jung, gerade 17 Jahre alt. Er machte zu diesem Zeitpunkt auch seinen Führerschein fürs Auto. Das war zwar ungünstig, wo das mit dem Abi so wichtig war und viel gelernt werden musste, aber ich glaubte, das würde er genauso schaffen, wie alles vorher.

Ich würde wieder in meine „von der steilen Fahrt" wackelige Kombüse gehen und gute Graupensuppe kochen, während mein Hase scharf um die Klippen schippert.

Bisher hatte er alles irgendwie hinbekommen, und das freute uns sehr. Auch, wenn mit ihm alles etwas wuselig war und man nicht genau wusste, ob er weiß, wo es überhaupt lang geht! Aus ihm ist nun aber ein ganz besonderer gefühlvoller junger Mann geworden, der sehr wohl weiß, wo es im Leben lang geht. Der zwar noch hier und da den Weg nicht erkennt, aber die wichtigen und wesentlichen Dinge in sich trägt. Er ist ein ganz besonderer Mensch geworden und wir sind sehr stolz auf ihn.

Ganz schön blöd…

wenn man einen ersten Enkel hat und der dann noch am Arsch der Welt wohnt. Man ist dann zwar Oma, aber hat vom Enkel so gut wie nichts. Erzählt mir jetzt keiner, dass das nicht doof ist. Ich finde es sehr doof und kann überhaupt nichts dran machen.

Das kann man nur immer wieder versuchen auszublenden. Die wenigen Momente am PC, wo man sich sehen kann. Die zwei oder drei Besuche zu Feiertagen, wenn überhaupt. Man hat nichts richtig mitbekommen. Nicht das Säuglingsalter, nicht das Kleinkindalter. Kein Abholen von der Kinderkrippe, keine Spiele am Nachmittag, keine Spielplatzbesuche, kein Schwimmbad, kein Spazierengehen. Nichts.

Wie gerne würde man mit Rat und Tat den jungen Eltern zur Seite stehen. Aber es bleibt nichts. Um eine richtige Oma-Enkel-Beziehung oder eine richtige Großeltern-Kind-Beziehung aufzubauen fehlt wichtige Zeit.

Da kann ich noch so lustig sein, das macht mich sehr traurig. Dabei würde ich mich für diesen niedlichen kleinen Kerl, gerne auf den

Rücken schmeißen, nur damit er mit mir lacht.

Meinem Sohn und der Schwiegertochter kann man da auch keinen Vorwurf machen. Es heißt doch immer: *„Sind die Kinder klein gebt ihnen Wurzeln, sind sie groß, gebt ihnen Flügel* o.ä.!" Alles hat man ihnen mitgegeben und wenn sie gut geraten sind, machen sie ihren Weg. Und wenn aus ihnen was geworden ist, dann ziehen sie vielleicht auch in ein anderes Land. Wenn sie dann eine Familie gründen, dann wird es schwierig.

Auch für die Kleinen, die ja viele Fremde kennen lernen und Oma und Opa weit entfernt sind. Ich hoffe so sehr, dass unser kleiner Frosch, uns später oft besuchen kann und wir ein ganz normales Großeltern- und Enkel-Verhältnis haben werden. Die Liebe ist da und die wird immer halten. Ich werde sie für den kleinen Kerl hier bei mir bewahren. Sie wird nicht verloren gehen, denn es ist ja ein Teil von meinem eigenen Kind – und auch das verbindet uns für immer.

Unser Enkel ist ein kleiner schlauer Kerl, der wird das schon alles später richtig erkennen. Unsere kurzen wenige Momente sind kostbar. Sie sind so kostbar und wertvoll, wie ein Moment im Flug durch das All. Unser Wiedersehen ist so ähnlich, wie die Freude eines kleinen Schimpansen, über einen Apfel und eine Banane.

Und weil ich so gerne „Omma" bin und das im Moment nicht ausleben kann, wie es so viele andere Omas können, wünsche ich mir, wenn die Mietzn in Rente geht, einen Hund.

Das sollte ein Hund sein, der zu mir passt. Vom Aussehen her wäre das eine Mischung zwischen einem Afghanen und einem Mops. Also, nicht so hoch, dafür lange Haare mit kurzen Beinen und Bauch. Basta.

Mein Mann sagte mal zu mir, dass ein Leichenspürhund am besten zu mir passen würde, weil ich ja nicht nur einfach spazieren gehen will, ich will ja auch was erleben und was aufspüren.

Das wäre schon toll und ich kann uns schon durch die Felder und Wälder hopsen sehen. Ich, die Omma mit ihrem Leichenspürhund. Und eines Tages, finden wir beide echt eine Leiche im Wald und ich fall vor Schreck tot um, oder der Hund, oder wir beide. Zunge aus dem Maul, Kopp nach rechts auf den Waldboden, Bauch und Beine nach oben.

Totenstarre eingesetzt, alles steht, Windstärke 12, oder so ähnlich.

Wir bzw. ich möchten schon länger gerne einen Hund. Aber, wir wollen einen retten, entweder aus dem Tierheim oder aus einer Tötungsstation. Ich schaffe mir aber keinen Hund an, wenn wir alle Arbeiten sind.

Das würde ich so einem Tier niemals antun. Ich kenne so viele blöde Hundebesitzer, die sind so egoistisch, die wollen nur einen Hund haben, aber die sagen dann immer: „Der Paulus kann acht Stunden alleine zu Hause bleiben!" „Ja, das schafft der ganz prima!" Das Paulus die ganze Bude auseinander nimmt und alles vollkackt, dass würden die ja nie sagen. Wozu brauchen die einen Hund?

Ich will doch mit dem Tier etwas erleben und das sind Lebewesen und kein Stofftiere. Das ist bei vielen Menschen noch nicht oben in der Birne angekommen.

Für mich jetzt persönlich wäre das die optimale Situation. Ich könnte mit meinem Hund auch zur Arbeit gehen. Ach so und überhaupt, welche Arbeit? Ich habe doch gar keine Arbeit mehr! Wenn ich mal demnächst eine neue Arbeit bekäme, das wäre toll.

Ich würde sowieso nur halbe Tage arbeiten und mein Hund wäre bei mir. Um das mit Ende 50 noch hinzukriegen, müsste ich evtl. nochmal studieren und zwar Pathologie oder etwas in dieser Richtung. Genauer gesagt „Forensische Medizin". Da gab es mal eine Sendung im Fernsehen, da war so eine Gerichtsmedizinerin, die war total gut drauf. Die hat bei der Obduktion immer so nett gelacht und alles schön erklärt.

Die hat mit der rechten Hand die Organe aus dem Körper geholt und mit der anderen ein Butterbrot gegessen mit so einer Fröhlichkeit. Die hatte neben den Instrumenten ihre Butterbrotdose aufgeklappt liegen, damit sie schnell mal reinbeißen kann bei der wichtigen Arbeit. Der hat die Arbeit mal so richtig Spaß gemacht, aber ob die einen Hund hatte, weiß ich auch nicht.

Ich könnte auch in meinem Homeoffice agieren und zwar als Detektivin oder ehrenamtlicher Profiler. Ich benötige aber noch so einiges an Equipment. Auf meinem Wunschzettel für letztes Jahr standen u.a. „Luminol und Spurensicherungspulver. Dazu noch so einen schönen breiten Pinsel. Aber da kann ich sicher, den von meinem Make up Bräunungspuder nehmen oder Käpt'n Haken hat sicher noch einen in seinem

Baumarkt Sortiment. Danach kütt et bestimmt wieder: „Der große Pinselauswaschkurs für Pathologen!"

In der Zwischenzeit schaue ich weiter meine Lieblingssendungen wie „Anwälte der Toten" oder „Autopsie". Das sind richtige Lehrsendungen, da kann man so viel lernen. Die Mörder und auch die Polizei. Toll sind die amerikanischen Sendungen, bei den Stimmen der Sprecher, schlafe ich sofort ein. Wenn man die dazugehörigen Ermittler sieht, ist es auch besser, wenn man schläft, die muss man nicht unbedingt dazu sehen. Lustig wird es immer dann, wenn deutsche Gerichtsmediziner-Sendungen echte Phantombilder zeigen. Da fällt einem doch ein Ei aus der Hose, wenn man diese Bilder sieht. Das soll jemand bei der Polizei gezeichnet haben oder am PC erstellt? Die sehen oft aus, als wären die nebenan im Kindergarten gemalt worden.

Oder arbeiten bei der Polizei auch ehren- amtliche Schimpansen? Da werden die Bärte noch mit dickem schwarzen Edding gekrakelt. Da soll man nicht annehmen dass wir heute 2017 haben. Oder die wollen uns veräppeln? Manchmal weiß ich es „och" nicht.

Bei der letzten Fahndung, haben die einen Mann gezeigt, der sich selbst im Internet neben dem Opfer fotografiert hat. Der hatte eine Glatze, also kein einziges Haar am Kopf. Zwei Tage später, wird er gefasst und man zeigt ihn, da hat der Haare bis zum Stehkragen. Wie kann denn das sein? Haarwuchsmittel auf der Flucht getrunken, oder wie jetzt? Wie soll man den denn erkennen?

Man kann sich hier nur wundern. Es wird echt Zeit, dass ich in die Gänge komme und ermitteln kann. Dann läuft das aber alles viel besser. Ich brauch jetzt bald den Hund, das Luminol und das Pulver – also, das komplette Starter-Set.

Kaputter Schnurr

Das wollte ich immer mal aufschreiben, was denn unsere alte Miezn so alles vor sich hin schnurrt. Man soll jetzt nicht denken, Katzen würden sich für nichts andres als ihr Futter interessieren, nein, Sie nehmen auch am Weltgeschehen teil. Sie schauen sehr oft mit uns TV und sie verstehen mehr, als uns lieb ist.

Jetzt hatte ich ja schon erzählt, dass unsere Miezn so alt ist. Uralt mit ihren 21 Jahren, wobei man noch nicht weiß, wie alt sie wirklich ist. Sie ist ja ungefähr 1997 geboren. So steht es in dem Pass, den uns das Tierheim damals mitgab. Sie kann jetzt gut 20 sein, sie könnte aber auch schon 22 Jahre alt sein. Man sieht es ihr aber nicht an. Sie putzt sich immer noch gut und ist blitzeblank bzw. sauber. Ihre vier oder fünf Zähne sind „topp" und sitzen an den richtigen Stellen.

Sie röhrt wie ein Elch oder ein Hirsch, weil ihre Stimmbänder, wie schon erwähnt, nicht für solch ein hohes Alter gemacht sind. Und so schnurrt sie auch gerne vor sich hin. Katzen schnurren aber auch, wenn sie Schmerzen haben.

Das macht sie ab und zu, wenn ihr der Rücken schmerzt, dann mache ich ihr ein Körnerkissen warm und lege es ihr sanft in den Rücken. Das gefällt ihr und dabei schauen wir „Volle Kanne im WDR!" Früher als sie noch ein kleines Kätzchen war und bei unserer Oma lebte, da hat sie immer die Kindersendungen geschaut, aber am liebsten „Der Bär im blauen Haus!" Da ist Oma aufgefallen, wie gerne sie fernsieht.

Nachts hat sie immer im Kinderzimmer beim Hasen geschlafen, zwischen all den vielen Stofftieren konnte man sie mit ihrem getigerten Fell kaum erkennen. Oder sie lag wie ein kleines Kind auf der Seite mit dem Kopf auf dem Kopfkissen und war schön zugedeckt. Da der Hase inzwischen sein Kinderzimmer aufgegeben hat und in unserem Haus in eine andere Etage gezogen ist, schläft sie zuerst unten bei „Ihrem Prinzen" und so gegen ca. drei, vier Uhr kommt sie in unser Schlafzimmer. Wie schon erwähnt, röhrt sie lauthals in der Diele herum, dass man meint, man läg in einem Wildgehege im Wald. Dann stößt sie plötzlich die Türe auf, was sie heute mit der Pfote macht, früher hat sie immer mit dem Kopf alles aufgestoßen, wie eine Ziege.

Dann geht das „Geröhre" weiter; bis sie vor meinem Bett steht. Jetzt haben wir unsere Betten anstatt tiefer zu legen, „hochgelegt"! Das macht der alten Oma schon Probleme beim Springen. Sämtliche Spannbetttücher haben Löcher, weil sie sich daran hochkrallt. Ist sie endlich dann oben angekommen, reißt sie mir die Bettdecke vom Hals weg und versucht mir mit der nassen Pfote, mit der sie vorher noch in ihrem Wassernapf gepanscht hat, den Mund aufzumachen, um komplett in mich reinzukriechen. Das ist nachts immer ein Kampf und mein Bettnachbar findet das gar nicht lustig.

Ich muss mich aber verteidigen, zum einen möchte ich keine nasse Pfote in meinem Mund und zum anderen muss ich auch noch auf meine Augen aufpassen. Einige Male schon hat sie den Mund verfehlt und ist auf meinem Augenlid gelandet.
Das tut höllisch weh und „Gott sei Dank", macht sie es noch zart. Leider kann sie aber ihre Krallen auch nicht mehr so einziehen und so hakt sie sich in die Haut ein.
Ich schimpfe auch manchmal mit ihr und versuche dann die Pfoten festzuhalten, aber es ist so wie bei diesem Kinderspiel mit den Händen, die man aufeinanderlegt.

Kaum hab ich meine Hand auf die Pfoten gelegt, legt sie die andere drüber, dann halte ich diese Pfote fest, dann kommt die andere Pfote drauf. Und so tapsen wir im dunklen unter der Bettdecke herum, bis ich es schaffe ihre Hinterpfoten zu nehmen und sie auf die Seite zu drehen. Das darf ich nur langsam machen, wegen ihrem Rücken. Das ist aber auch eine zähe Ziege, die gibt nicht auf. Immer wieder kloppt sie ihre Pfoten direkt neben meine Augen auf mein Kopfkissen und ich muss höllisch aufpassen, dass sie mich nicht mal richtig am Auge erwischt.

Es ist wohl nur noch eine Frage der Zeit, dass sie entweder ganz in mich rein kriecht vor lauter Liebe, oder mir fehlt morgens ein Auge.

So, haben wir dann endlich unsere endgültige Schlafposition erreicht, kriegen wir noch eine „druff" von unserem Bettnachbarn, wegen nächtlicher Ruhestörung. Was ich auch verstehen kann, bei dem „Gestrampel und Gekloppe"!

Endlich ist Ruhe eingekehrt, für ungefähr fünf Minuten. Dann geht das super laute Geschnurre los mit dem „kaputten Schnurr!" Das hatte ich zu Anfang ja auch schon beschrieben.

Der Schnurr ist schon lange kaputt, keiner weiß genau woran es liegt? Das mag das gleiche sein, wie mit den Stimmbändern. Jetzt schnurrt sie immer „Worte", so wie ich das verstehe. Nun habe ich auch eine sehr gute Fantasie. Es fing an, in der Nacht, wo wir vorher noch die Nachrichten geschaut hatten. Es ging da um die Forderung über das Burka-Verbot. Miezn lag jetzt in meinem Arm, mit dem Kopf auf dem Kopfkissen und dann ging's aber zur Sache. Ich hörte ganz deutlich, wie sie immer „Burka, Burka, Burka, Burka" schnurrte.

Dann schmatzte sie und schluckte ein Mal, um das nächste Wort zu formen und um weiteren Diskussionsstoff in die Runde zu werfen bzw. unter die Bettdecke. Wegen dieser blöden „Burka" konnte ich nicht wieder einschlafen, denn nach dem Geschmatze, ging es weiter mit „Burkhard, Burkhard, Burkhard, Burkhard." Wer zum Teufel ist „Burkhard" dachte ich so und versuchte wieder irgendwie einzuschlafen, es war mittlerweile 4.30 Uhr.

Sie schmatzte wieder und schluckte…es kam das nächste Wort: „Burgplatz, Burgplatz, Burgplatz". Ja, der Burgplatz, an den erinnerte ich mich sehr gut, weil da früher immer die dicksten Motorräder standen und ich dort meinen ersten richtigen Freund kennenlernte. Ich kam mit meiner Freundin Iris aus der Disko und wir waren gut drauf. Ich ging zu der dicken Honda, die dort abgestellt war und küsste einen dicken roten Kuss auf den Spiegel, dann mussten wir schnell zum Bus, weil wir schon um 22.30 Uhr zuhause sein mussten. Darüber dachte ich jetzt kurz nach und versuchte wieder einzuschlafen. Es war mittlerweile 5.00 Uhr früh. Mietzn schmatzte und es ging, vom Burgplatz aus, weiter nach „Dortmund, Dortmund, Dortmund, Dortmund. Von Dortmund aus, ging's zur „Waltraud, Waltraut, Waltraut.

Danach kamen einige Lebensmittel wie „Blaukraut, Blaukraut, Blaukraut" und nochmal „Kraut, Kraut, Kraut". Schmatzen und weiter mit „Thunfisch, Thunfisch, Thunfisch, Thunfisch, dann „Du und ich, du und ich, du und ich".

Weiter mit den Fischsorten: „Walfisch, Walfisch, Walfisch" und auch mal gemischte Sorten: „Thunfisch, Walfisch, Thunfisch." Aus.

Dann Schnurr endgültig kaputt. Ich wackle an der Katze, weil ich dachte, jetzt hat sie den Löffel abgegeben.

Sie hat nur mal eine längere Atempause eingelegt und danach nochmal kurz versucht mir die Pfoten in den Rachen zu stecken und dann geht es lustig weiter.

Wir sind jetzt bei den verschiedenen Gemüsesorten angekommen und sie schnurrt: „Brokkoli, Brokkoli, Brokkoli, Brokkoli", danach „Sellerie, Sellerie, Sellerie", danach „kommt noch `ne „Burka" und die „Gurka" und dann kommen wir zu einigen Käsesorten wie „Briehi, Briehi, Briehi", kurzes schlucken, Tonänderung - „Gouda, Gouda, Gouda", wieder ein Schlucken, Tonänderung, etwas härter und lauter schnurrt die Mietzn: „Brot, Brot, Brot". Ich kann bei so vielen Lebensmitteln in meinem Bett nicht wieder einschlafen und ehrlich gesagt, stören mich auch Waltraud und Burkhard. Mein Magen knurrt vor Hunger und ich bin mittlerweile über die Grenze des Bettes gerobbt.

Mein Mann schubst mich wieder auf meine Matratze zurück – Mietzn hat sich jetzt quer gelegt und drückt mit ihren Hinterpfoten gegen meinen Bauch. Ich gucke auf die Uhr, es ist gleich 6.00 Uhr und um 6.30 geht der Wecker. Prima Nacht war das mal wieder.

Beim Frühstück fragt mich mein Mann: „Was war das eigentlich mit Euch beiden wieder heute Nacht? Bei dem „Gedöns" kann man doch nicht schlafen?!" Jetzt kann ich die Mietzn nicht so einfach aus dem Bett verbannen, weil ich auch Angst habe, sie könnte mal sterben nachts und wär ganz alleine.

Dann habe ich sie lieber bei mir liegen. Schlafen können wir ja noch genug, irgendwann!

Religionsunterricht

Der Religionsunterricht war immer mein liebster Unterricht in der ganzen Schulzeit. Was war das schön?! Der eine oder andere wird sich auch daran erinnern. Ich habe mich damals schon auserkoren gefühlt und dieses Gefühl trage ich bis heute in mir. Äußerlich lasse ich mal, auch zu Modezwecken, mein riesengroßes, mit roten Edelsteinen besetztes Kreuz, raushängen. Das ist das Kreuz was mir zu Ehren von „Kloster Mimm" verabreicht wurde bzw. verliehen wurde. Natürlich alles in meiner Fantasie, ehrlich gesagt, weiß ich noch nicht mal ob es Kloster Mimm wirklich gegeben hat, denn unsere Omma und auch Pingu hatten immer solche tollen Sprüche drauf.

So war es an der Zeit, dass ich im Jahre 1986 heiliggesprochen wurde. Ich kenne noch einen jungen Mann, der ebenfalls heiliggesprochen wurde. Das war der beste Freund meines ältesten Sohnes. „Der heilige Minni", weil er nicht sehr groß war. Das diese Heiligsprechung ursprünglich die Heilige Konfirmation war, blenden wir hier einfach aus. Es war und ist meine Heiligsprechung gewesen und so bleibt das jetzt auch.

Sonst wäre alles was danach geschah, nicht mit rechten Dingen geschehen.

Es gab da auch bei unserem jüngsten Sohn einige Passagen, die er im Religionsunterricht preisgab. Da war Jesus der die Kraken heilte, von was auch immer? Auch, wenn es nur um einen einzigen Schreibfehler ging, es kam einfach gut an. Wir lachten den ganzen Nachmittag und der liebe Gott wird sich nicht darüber ärgern, denn er freut sich, dass wir Spaß haben und trotzdem an ihn denken und uns mit der Bibel und seinem Sohn Jesus heute noch auseinandersetzen. Gerade er möchte ja, dass wir uns Gedanken machen. Das haben wir getan…und wie.

Jetzt kam der Tag, an dem die Kinder in der Schule mal aufmalen sollten, wer Jesus war oder wie sie ihn heute sehen. Unser Sohn malte auf das große Din a 4 Blatt einen riesengroßen Kühlschrank. Im Kühlschrank hockte ein mageres Männlein und das war für ihn „Jesus!" Die Grundschullehrerin, die mit den roten Haaren, zitierte mich an diesem Tag wieder mal in die Klasse und zeigte mir demonstrativ das Bild.
Die große Hobbypsychologin will darin erkannt haben, dass unser Sohn wohl

Hunger hat. „Hä, sagte ich, er hat doch immer seine große Butterbrotdose mit dabei und Obst und Getränke etc.?" Sie sah mich Ernst an. Ich hab gedacht, das glaub ich jetzt nicht, dass sie ernsthaft von diesem schönen Bild darauf schließt, dass er Hunger hat? Vielleicht war ja seine Brotdose schon leer, als er das gemalt hat? Aber Hunger hatte er sicherlich nie. Es fehlte ihm höchstens an Fantasie und mal ehrlich, was soll sich das Kind auch darunter vorstellen? Er hat uns den Kühlschrank auch bestätigt. Es sollte tatsächlich ein Kühlschrank sein mit Jesus drin, aber auch nur deshalb, weil Jesus den Hungernden geholfen hat. Vielleicht war Jesus auf dem Weg zum Kühlschrank gestolpert und einfach reingefallen? Wer weiß das schon? Wir waren ja nicht dabei?

Ich ließ die Lehrerin an diesem Tag einfach stehen, drehte mich um und ging lächelnd und fassungslos aus dem Gebäude. Ich fragte mich: „Wissen die eigentlich, dass die sich zum Affen machen?"

Einige Zeit später bekam ich ein Bild von ihr vorgelegt, eine Hausaufgabe, welches „Jesus mit einem roten Kanister auf der Autobahn" zeigte.

Ich nahm das Bild wortlos und steckte es in unsere große Sammelmappe der Kuriositäten. Ich hatte keine Lust immer meinen Senf dazu abzulassen, warum und weshalb er die Dinge anders sah oder sonst was. Fakt war, dieses Bild war eine Koproduktion zwischen ihm und mir Bei den Hausaufgaben, wo es etwas zu malen gab, habe ich sehr gerne „mitgemischt" und an diesem Tag waren wir sehr albern und haben viel gelacht. Da habe ich verschiedene Versionen von diesem Bild gestaltet. Ich liebe Buntstifte über alles und zeichne auch sehr gerne. Da ist es irgendwie mit mir durchgegangen und da habe ich dem Jesus einen Kanister gemalt und eine Straße wo er lang geht.

Mir fiel spontan ein Lied aus der Werbung ein und so hat sich das an diesem Nachmittag verselbstständigt. Das Bild kam mit den anderen vorangegangenen Versionen in seine Hausaufgabenmappe und so auf den Tisch der roten Hexe. Anstatt mal darüber zu lächeln, war hier wieder psychologischer Gesprächsbedarf. Ich klärte es aber einfach auf, in dem ich ihr von unserem tollen Nachmittag mit Spaß und Blödsinn erzählt habe, was sie ja wohl nicht zu kennen scheint. Sie sagte dann nichts mehr und das war auch gut so.

Einmal kam der Hase aus der Schule und zeigte mir wieder stolz ein Bild. Darauf war ein ganz großer langer Tisch zu erkennen und oben drauf stand eine kleine rote Kerze. Sonst war da nichts. Er war aber sichtlich stolz auf sein Gemälde.

Ich sagte zu ihm: „Toll, Schatz, so ein großer Tisch und so eine kleine rote Kerze!" Er guckte mich an wie ein Kaninchen und sagte: „Wie? Kerze? Wo ist denn da `ne Kerze drauf?" Ich tippte mit meinem Zeigefinger auf das rote kleine Ding auf dem Tisch! Er wurde rot vor Aufregung und wurde laut vor Wut: „Das ist keine Kerze verdammt noch mal! Das ist Jesus und der hält das Abendmahl!" „Was" sagte ich, das ist eine Kerze, ich kann doch oben drauf ganz genau den Docht erkennen?" Da platze das Rumpelstilzchen bald und rief: „Das ist der Kopf von Jesus!" Basta!

Ich schaute verdutzt auf das Bild und musste mein Lachen unterdrücken. Ich wäre fast losgeplatzt. Dann fragte ich ihn, dass beim Abendmahl ja noch die anderen Jünger am Tisch saßen, wo die denn alle wären?

Da nahm er mir das Bild weg, guckte frech und meinte: „Da war der Unterricht zu Ende, sind nicht mit drauf!" Basta!

„Basta!" Das sagte er immer gerne, wenn es irgendwie nicht gut lief. Ich musste den ganzen Nachmittag lachen und habe es gleich abends meinem Mann erzählt.

Dann gab es noch einen weiteren Vorfall, der sich wenig später ebenfalls im Religionsunterricht ereignete. Es wurden Zettel verteilt, wo die Kinder sich Gedanken zu ihrem Leben machen sollten. Da stand auf dem Zettel als Überschrift:

„Was macht mein Leben aus?"

Und unser Sohn schrieb mit krakeliger Schrift in die Zeilen darunter:

„Semmelknödel mit Rahmsoße"

Die Welt von Übermorgen

Als ich in das Haus meines Mannes zog, hatte ich mich schon gewundert, wieso an jeder Wand in jeder Höhe Steckdosen und Schalter eingebaut sind? Auf jedem Familienfoto waren irgendwo im Hintergrund diese Steckdosen und Schalter. Das hatte ich vorher noch nie gesehen. Da gibt es Babyfotos, wo die Kinder im Hochstuhl sitzen zwischen zwei, in dreier Gruppen angeordneten Schalterleisten. Das Baby eingerahmt von Steckdosen und Schaltern. Der Hase hatte dabei auch noch ein Zwieback quer im Mund stecken, die Augen verdreht, weil es nicht mehr rausging und dazu trug er ein Matrosenhütchen. Wie so auf einer Versuchsstation, gruselig. In meinen eigenen Wohnungen, die ich vorher hatte, gab es pro Zimmer eine einzige Steckdose. Da musste man mehrmals umstecken, um alle Zimmer zu saugen. Hier in dem Haus, war alles elektrisch. Die Jalousien fuhren mit der Dämmerung gleichzeitig runter. Am Morgen fuhren sie mit der Sonne hoch und man kam sich, besonders abends, vor wie in einem Hochsicherheitstrakt oder, wie schon gesagt, Versuchslabor. Das war schon etwas beängstigend.

Ganz zu schweigen von den vielen Bewegungsmeldern in und um das Haus und im Garten.

Es konnte sich keine Maus bewegen, ohne nicht angestrahlt zu werden. Das wurde dann noch lustiger, wie ich mit meinen fünf Katzen bei ihm aufprallte. Ich war gerade schwanger und wir erwarteten unser erstes gemeinsames Kind, vielmehr „unseren ersten gemeinsamen Hasen!" Mein ältester Sohn, damals 15 Jahre, den ich außer meinen Katzen ebenfalls mit im Gepäck hatte, sah das alles ziemlich entspannt.

Ein schönes Haus, alles automatisch und der neue Mann der Mutter „ein Elektrotechniker", das gefiel ihm sehr gut, denn auch er hatte ein gewisses Faible dafür. Die beiden verstanden sich auf der Stelle und haben wohl seinen weiteren Lebensweg geprägt. Er sagte damals mal zu mir: „Das ist der erste vernünftige Mann, den du mitgebracht hast!" Da muss man als Mutter erst drüber nachdenken und mal in sich gehen. Zu meiner Verteidigung muss ich sagen, dass ich wie schon erwähnt, noch recht jung war. Ich hatte natürlich auch nicht geplant, mit 24 Jahren mit Kind alleine dazu stehen und nochmal von vorne anzufangen. Das war nicht einfach, da war ich froh das Pingu an meiner Seite war und wir das Kind gemeinsam geschaukelt haben. Sicherlich macht man Fehler, wenn man so jung ist und das bereue ich heute bzw. das bereitet mir oft schlaflose Nächte. Aber mein Großer hat sich gut entwickelt und war immer ein richtiger schlauer Kerl.

Deshalb hat er auch das gleiche studiert und hat den gleichen Beruf bzw. das gleiche Diplom und hat auch eine gute Arbeit in der Halbleitertechnik im Ausland bekommen. Als Pingu das erfuhr, nach seinem Diplom, das er bei einer Firma arbeitet, die Halbleitertechnik macht, sagte sie: „Wieso muss unser Junge bei einer Firma arbeiten die nur halbe Leitern herstellt?" Wieso machen die keine ganzen Leitern?!

Inzwischen weiß sie aber was er genau macht und wie seine genaue Berufsbezeichnung ist. Sein Haus würde jetzt nicht anders aussehen, als das vom Meister. Seine große Leidenschaft hat er aber auch für das Weltall, Raketen, Modellflugzeuge und Hubschrauber, die haben es ihm angetan.

Das liegt wohl in der Familie, denn auch Pingu und ich lieben all diese Dinge und haben gleichzeitig Angst davor. Pingu ist noch nie geflogen und das wird sie wohl auch nicht mehr machen. Inzwischen ist unser Großer auch verheiratet und hat einen kleinen Sohn, das sind wohl sein größtes Abenteuer und seine größte Leidenschaft. Da kann man als Eltern und Großeltern wirklich nur glücklich und stolz sein.

Käpt`n Haken oder auch liebevoll „mein Meister" genannt, wie es immer die „bezaubernde Jeannie von ihrem Meister sagte, der hat es mit Leuchten, Kabeln, Steckdosen, allen elektrischen Geräten, Sägen, Schleifen, Bohren, ach, der hat es mit allem wo Strom drin steckt und mit Holz.

Wenn er die Welt von morgen planen könnte, dann wären da aber überall nur Steckdosen. Steckdosen für alles und für jeden, in jeder Größe und Ausführung. Genauso Lichtschalter, Dimmer, Kombischaltungen mit Licht oder wie die alle heißen und Radioempfang, Schaltzeituhren, Wetteruhren, am besten direkt noch überall TV Empfang in HDTV oder noch besser 4K TV und was es da alles an neuem Schnickschnack so gibt. Er kennt die neuesten Dinge auf dem Leuchten-, Elektronik-, TV- und Musikmarkt. Für ihn ist es super wichtig, dass überall wo er sich aufhält, Musik ertönt. Nicht irgendwas, sondern am besten die neuesten Charts. Die Welt von morgen wäre strahlend hell wie in einem OP, hätte überall Steckdosen und Lautsprecher und Tag und Nacht Dauerberieselung mit Musik und dank immer neuer Technik, keinerlei Kabel mehr, weil alles über wie ich es nenne „Blutwurst" oder WLAN läuft. Auf jeden Fall, keine Nachrichten, die machen nur Unruhe und schlechte Laune.

Und wenn er noch ein bisschen Freizeit hat, schleppt er Baumstämme hin und her, sägt Bänke, Stühle, baggert, gräbt, er macht einfach alles und macht nebenbei noch seine Steuererklärung.

So, nochmal zurück zum Licht im Carport. Am besten wird alles direkt vom Handy aus geschaltet und gesteuert. Ich hab das mal ausprobiert und fand das mit dem neuen Carport auch schön. Bevor ich da reinfahre, kann ich das Licht dort mittels Handy anmachen und wenn ich drin bin, ist alles superhell und bleibt auch an, bis ich es wieder ausstelle.

Genauso die Leuchten im Haus. Ich kann von draußen alles anmachen über das Handy.

Das finde ich schön, wenn ich mein Handy mal schnell finden würde?! Dabei ist meins relativ groß, nur in der blöden Handtasche oder Beutel verliert sich alles. Und das mag ich zuhause überhaupt nicht, denn bevor ich mein Handy gefunden habe, bin ich eher am Lichtschalter. Das versteht mein Meister überhaupt nicht und wird immer sauer, wenn ich ihm das sag. Er wird überhaupt immer schnell sauer, denn er hat nur eine „kurze Leitung!"

Da hätte man in seiner persönlichen Ausschreibung für seinen Astralkörper, mal etwas mehr Leitung aufschreiben sollen, aber nein, da kommt dann nur eine 1,00m lange Leitung bei raus! Da hätte man mich mal lieber das Leistungsverzeichnis für diesen Menschen schreiben lassen. Aber, das passt eigentlich gar nicht zu ihm, denn seine Kabel hier im Haus, waren teilweise weit länger. Er könnte mit seinem Rasenmäher, den er hier im Garten an die Dose steckt, 200 km weit mähen, bis das Kabel mal endet.

Ich kann mit meinem Staubsauger dreimal ums Haus saugen, ohne ihn umzustecken und mit dem Fön könnte ich in den nächsten Bus bis ins andere Dorf fahren. Als ich als junge Sekretärin damals in einem Büro für Gebäudetechnik gearbeitet habe, gab es solche Leistungsver-zeichnisse zu schreiben.

Das war mir völlig neu und da ich es mit Zahlen überhaupt nicht habe, war mir auch nicht aufgefallen, dass ich in einer Ausschreibung für ein Altenheim, nur für eine Einheit bzw. Zimmer, ein über 200 m langes Telefonkabel ausschrieb. Da hat mein Meister furchtbar gelacht.

Ich hab mir vorgestellt, wie die alte Dame mit dem Hörer am Telefon einkaufen geht und immer im Schlepptau das lange Kabel. Dann hatten wir eine Ausschreibung für ein Krankenhaus. Bei mir stand aber überall „Krakenhaus" drauf. Da kann man sehen, dass der Hase nach der Mutter kommt.

„Kind, ich habe WatsUp!"

Mein Pingu hat mit fast 79 Jahren ihr erstes Notebook bekommen. Pingu hatte schon einen Computer und ein Drucker. Vorher hat sie alles mit einer alten elektrischen Schreibmaschine geschrieben, ihre ganzen Gedichte und Geburtstagswünsche oder Festreden. Sie kann das wunderbar und ihre Gedichte sind einfach sehr schön. Sie kann noch richtig reimen und es hört sich nach gutem altem Gedankengut an. Sie kann auch sehr gut Deutsch. Deswegen war es auch mir wichtig, dass sie nicht immer alles nur auf Zettel oder in kleine Notizbücher schreibt und dass auch nichts verlorengeht. Ich habe ihr schon ein Buch mit ihren eigenen Gedichten gemacht und sie hat vor Freunde geweint. Die Gedichte sind aber auch sehr schön und ich habe ihr sehr schöne eigenen Bilder dazu in das Buch drucken lassen.

Einige Gedichte von ihr wurden bereits in der kleinen Gemeinschaftszeitung der Stiftung, in der sie eine wunderschöne kleine Wohnung hat, veröffentlicht. Darauf kann sie sehr stolz sein und ich bin es auch. Vor allem, dass sie noch so aktiv ist und sich wirklich Gedanken macht um die Welt und um die Natur. Sie freut sich immer über die Vögel die auf ihrer

Terrasse landen. Zu jedem Geburtstag fallen ihr spontan passende Reime ein.

So schreiben wir beide Gedichte und vielleicht machen wir auch mal ein gemeinsames Gedichtbuch. Eigene schöne Bilder habe ich dafür gesammelt und an - schon geschriebenen - Gedichten mangelt es uns auch nicht.

Fantasie bzw. die Gabe unsere Worte und Gefühle in eine schöne Form zu bringen, die haben wir wohl auch mit in die Wiege gelegt bekommen. So empfinde ich das. Auch hier gilt, die Geschmäcker sind verschieden und gerade bei Gedichten ist das so eine Sache. Es muss sich stimmig anhören und es sollte sich auch gut reimen, aber es gibt ja auch eine Menge von Versformen und nicht jede Art gefällt gleich gut. Wer keine Gedichte mag, muss sie ja auch nicht lesen.

Als wir nun mit dem Notebook anfingen zu üben und Pingu zum ersten Mal Kontakt mit dem Internet aufnahm, war das jeden Tag so, als wollte E.T. der Außerirdische mit der Menschheit Kontakt aufnehmen oder „nach Hause telefonieren!" Wir bekamen innerhalb der Familie schon seit dem Pingu ihr erstes neues Handy hatte so komische Anrufe.

Entweder hörte man so ein schleifendes oder scheuerndes Geräusch, dazwischen unverständliches dumpfes Gemurmel. Ganz schlimm dazwischen immer Kinderstimmen, von unseren Kindern, als hätte man sie gekidnappt und wollte jetzt Lösegeld verlangen!" Aber dazu kam es Gott sei Dank nicht, denn es war nur Pingu, der das Handy mal wieder „ungesichert" in der Jackentasche trug.

Das ging lange Zeit so, wenn wir als Eltern mal ein freies Wochenende hatten und die Kinder bei der „Omma" waren.

Mit dem letzten PC wurde es ganz schlimm, wo es mit dem normalen alten PC, vorher, immer nur um den Drucker ging, der einfach aus Boshaftigkeit oder Bockigkeit nix druckte, kam mit dem neuen PC, dem Notebook, eine völlig unerwartete andere Problematik an den Start. Pingu war mit ihren jetzt inzwischen 80 Jahren etwas überfordert. Obwohl ich sagen muss, dass sie das gerade für ihre 80 Lenze super hingekriegt hat. Sie hat das alles super verstanden, aber einerseits war ihr der Tatterich, den sie durch den Inhalator für ihr Asthma bekam, im Weg, andererseits erschienen auch mal Hinweise auf dem

Bildschirm aus dem Internet, die sie völlig aus der Bahn warfen. Auch, wenn es nur Werbung war. Das war ja auch soweit verständlich. Da konnte sie ja nichts für. Pingu hatte den Computer jetzt ungefähr eine Woche und es sah so aus, als hätte sie in sieben Tagen das gesamte Internet zerstört. Das hört sich arg nach „Schöpfungsgeschichte mal andersrum an". Pingu schafft es in der gleichen Zeit immerhin das Internet zu zerstören. Unfassbar, unser Pingu! Jetzt hat sie ja nicht gleich das ganze Universum geplättet, sondern ihr Bildschirm war einfach nur schwarz. Das alleine war für sie schon sehr schlimm. Denn wer will schon von der Welt abgeschnitten sein?!

So klangen ihre Hilferufe, wenn sie sich bei mir meldete. Entweder sagte sie: „Jetzt ist alles aus, alles schwarz, ich bin draußen, das Internet ist kaputt, ich komm nicht mehr rein!" Oder sie war drinnen und kam nicht mehr raus." Ein Teufelskreis. Ihre Stimme war furchtbar schrill, weinerlich, und etwas hysterisch, als wäre irgendwo ein ganz schlimmes Unglück passiert. Ich war nach den Anrufen immer völlig fertig, bis ich analysiert hatte, was eigentlich los war. Das war so anstrengend und schwierig einer 80 jährigen Frau übers Telefon PC-Hilfe zu geben, die noch dazu ihre Hörgeräte immer in der Reinigungsstation liegen hat. Ich muss ehrlich sagen, dass mich diese Anrufe wahnsinnig gemacht haben.

Da hatte ich plötzlich auch nur noch eine Leitung von 1,00m wie mein Meister. Da ich aber auch jede Woche bei ihr war, zeigte ich ihr das eine oder andere und sie schrieb es sich in ihr Buch. Aber auch das half am Anfang nicht so richtig, denn das Internet hat so seine Tücken, wenn es um „komische Meldungen" geht. Da muss man auch wissen, darf ich da drauf drücken oder nicht! Absolutes Verbot hat sie bekommen, Seiten aufzusuchen, wo sie etwas bestellen kann. Ich hatte Angst, sie würde sich gleich drei Trockner auf einmal bestellen.

Denn es mangelt in dieser Altersgruppe an der Übersicht. Nicht, dass sie auch schlechter sehen, die Übersicht fehlt auch. Wenn dann noch an der Seite ein Schild mit Werbung erscheint, ist es ganz aus. Es wird immer direkt alles angeklickt oder weggeklickt. Dadurch wurde unser ganzes Projekt „PC 80+" gefährdet.

Ich war einfach nicht immer in der Stimmung bzw. es hat auch mich einfach überfordert, weil, alles kann ich ja auch nicht mit dem Internet, sonst wäre ich Computerfachfrau geworden. Ich weiß schon eine Menge und kann mir gut helfen, aber alles so aus dem Stehgreif am Telefon, besonders, wenn das ganze Internet zusammen fällt... und ohne Hörgeräte, was da zu machen ist, das weiß ich auch nicht immer.

Schön waren auch die Mails die wir in dieser Zeit alle bekamen. Meine Schwester rief mich an und sagte: „Ich hab von Mama so eine komische Mail bekommen!" Ich fragte: „Was stand denn drin?" meine Schwester antwortete: „Da stand in der Mail nur „Huch!" Ich fragte wieder: „Wie jetzt? Sonst nix?" „Nö!" Sagte meine Schwester. Wir haben lachen müssen, denn auch von anderen Familienmitgliedern erhielten wir ebenfalls seltsame Kurzmeldungen.

Das „Huch" kam zustande, weil sie eigentlich „Hallo" schreiben wollte und dann wieder halb gelöscht und wieder neu drüber geschrieben hat. So richtig wusste Pingu es auch nicht mehr. Am Ende kam ein „Huch" heraus.

Es kam danach noch eine weitere Mail, mit noch ein paar weiteren Buchstaben und „Mma" drunter. Auf jeden Fall klappte das abschicken von Mails schon mal gut. Das kann sie heute aber fast perfekt.

Was auch lustig war, dass sie das Notebook, falls es mal nicht am Strom angeschlossen ist, immer belauert. Ich habe sie gefragt, warum sie so hektisch ist und sie hat gesagt, sie hat Angst er ginge aus, weil er nicht am Kabel hängt. Jetzt weiß sie aber inzwischen, dass da vorher eine Meldung kommt und sie genug Zeit hat, ihn ans das Stromnetz anzuschließen, bevor das ganze Internet drauf geht.

Vor einiger Zeit schwärmte sie von den neuen Handys, wo man „WatsUp" und auch Bilder machen und verschicken könnte. Da war sie ganz scharf drauf. Ich habe ihr dann ein älteres Modell über unseren Sohn besorgt. Er hat sich drum gekümmert, dass Omma es benutzen kann. Dann kam sie leider ins Krankenhaus und wollte unbedingt ihr Handy da haben. Da hatte sie aber kein W-LAN und konnte leider keine Nachrichten verschicken.

Wenn sie schreibt, dann ohne Punkt und Komma – einfach drauf los und „Huch" abgeschickt!
Jetzt eine Woche nach ihrem Krankenhausaufenthalt, kommt noch eine „WatsUp" aus dem Krankenhaus mit dem Wortlaut:

„Morgen hab grad Blut abgenommen wieder eine Vene gesucht küss Mama!"
Dazwischen ganz viele Zeilen nur weiß – viel Platz…und nochmal:
„Morgen hab Blut abgenommen wieder eine Vene gesucht aber gefunden guten Morgen!"

Sie hatte es nicht gelöscht und als sie wieder eine neue Nachricht schreiben wollte, kam natürlich die alte Nachricht mit. Ich wusste ja nicht, dass die Nachricht alt war und fragte zurück:

„Huhu, Moin Moin, schon beim neuen Arzt?"

Sie wieder:
„Nein hab gefrühstückt. Zieh mich jetzt an was macht dein Schnupfen hab dich lieb Mama!"
Dann folgten mehrere Tierköpfe: *„Hamster, Küken, zwei Schildkröten, Frosch und ein Wolf!"* ☺

So kamen weitere fröhliche WatsUp Nachrichten von Pingu:

„Ich habe wattssapp" Danke Kind!"

Ich schreib ihr morgens: *„Huhu Mama„*

Sie schreibt: *„Hast Du eine Eule gefangen?"*

Dazwischen 3 verpasste Sprachanrufe!

Dann schreibt sie: *„Ja bitte mein Kind!"* Ich denke: „Oh heute so förmlich wie Frau Gräfin!"

Ich schreibe ihr zurück: *„Das klappt ja ganz prima Mütterle!"* Sie schreibt: *„Ich hab keinen Hunger mehr hab dich lieb!"*

Ich schick ihr ein Bild mit einer Ameise. Sie schreibt zurück: *„Ja Sachlage du. Auch gut hab dich lieb!"*

Ich schick ihr ein Bild von meinem Braten im Topf, den ich gerade koche! Sie schreibt zurück: *„Super guten Appetit war kurz in Thüringen jetzt bin ich fertig hab Lasagne gemacht ich war in Thüringen!"*

Ich schreib zurück:
„Hä? Du warst in Thüringen?!
Sie schreibt:
„Ich wollte der Irmgard th schreiben mein Handy meint ich war in Thüringen!"

Zwei verpasste Videoanrufe 21.06 Uhr.

Sie schreibt:
„Hab den Krimi geguckt Telefon sehr leise bis morgen hab. Dich liebe Grüße an alle Mama!"

Dann noch: *„Test!"*

Dann am nächsten Tag:
„OK bin jetzt Bingo Ich Spielen hab dich lieb!"

Verpasster Videoanruf um 11.41 Uhr

Ich schreib:
„Du rufst ja schon wieder an!!!" Nicht an die Kamera und den Hörer oben gehen!"

Bekomme eine Nachricht von meinem Sohn aus dem Ausland:
„Sag Oma bitte, sie soll nicht ständig hier anrufen bin in einer Besprechung!"

Ich schreibe ihr: *„Bitte nicht oben an den Hörer drücken, du rufst bei B. sonst wieder an!"*

Sie antwortet: *„Wollt dich nicht anrufen bei ihm ist keiner hab da auch versucht!"*

Dann schickt sie ein Hundebild. „Grins".

Und *„Falsch gedrückt sorry!"*

Ich bekomme „WatsUp" von meiner Nichte und meiner Schwester, die auch komische Nachrichten erhalten haben und Videoanrufe. Wir lachen natürlich darüber und freuen uns auch, dass sie das alles versucht und Freude daran hat. Für Pingu war es auch wichtig, dass sie die Fotos, die wir uns so hin und her schicken, wenn wir mal irgendwo sind, dass sie die auch bekommt. Sicherlich will sie an unserem Leben teilhaben und das ermöglichen wir ihr auch. Sie freut sich über jedes Bild von den Urenkeln unter sämtlichen Aufenthaltsorten wo wir sind. Sie kann es auch in ihrem Bingo-Club zeigen. Da ist sie auch stolz drauf, dass sie das kann.

Wir sind aber immer noch in der Testphase und es läuft jetzt besser. Das automatische Wörterbuch habe ich ihr drin gelassen, weil es dann immer lustiger wird, wenn sie etwas schreibt. Früher habe ich immer gedacht, meine Mutter ginge früher ins Bett. Jetzt durch ihr Handy sehe ich immer, wie lange sie noch auf war. Es kommt jetzt häufig vor, dass sie mir noch um 11.30 Uhr eine WatsUp schickt.

Punkt und Komma sind hierbei nicht so wichtig, ich glaube aber, sie erkennt die Satzzeichen nicht mehr richtig. Dann geht's auch schon wieder los:

„Hallo und gschute Nacht!" um 11.55 Uhr

Oder einen Tag später um 12.30 Uhr

„Gute Nacht ich kann nicht schlafen ich lese noch. Schlaf gut bis morgen hab Dich lieb." – Ein Engel und ein Smiley mit Küsschen.

Ich schreib:*„Gute Nacht, schlaf schön!"*

Sie schreibt zurück: *„Ich auch gute Fahrt!" dazu noch ein Katzensmiley.*

Am nächsten Morgen um 8.52 Uhr:

„Guten Morgen Ich bin noch im Bett."

Ich schreib zurück: „Prima, guten Morgen, sonst noch was, was ich wissen sollte?"

Sie schreibt: „Ja bin ja zu Haus ich sag nix mehr du bis manchmal wie der kleine Zwerg bei Schneewittchen und Rosenrot!"

Dazu drei augenzwinkernde Smileys, eine rote Blume, zwei Herzen und ein Engel.

Ich dachte so: „Jetzt bringt sie auch noch die Märchen durcheinander!"

Ich schreib ihr zurück: „Und Du bist das Rumpelstilzchen!"Böser roter Smiley.

Sie schickt mir ein „Danke" mit zwei Affen und einem Küken, zurück.

Ich schicke ein: „Bitte" und einen Löwenkopf!"

Dann war bis zum nächsten Morgen Funkstille. Keine WatsUp mehr geschickt.

Da meine Schwester aber mit ihr gesprochen hatte noch am Abend, war alles gut, sonst hätte ich mir Sorgen gemacht.

Am nächsten Morgen kam, wie immer ein „Guten Morgen mein Kind!" Was ist mit Mirabellenschnaps, hab ihn mit Frau Uhuru getrunken. Dazu ein Küken und zwei Vögel.

Ich denke, oh, doch schon so früh? Und wer ist Frau Uhuru, ist das nun die Nachbarin aus

Thüringen, oder vielleicht der weibliche Kommunikationsoffizier von Raumschiff Enterprise?

Ich schreib zurück: *„Wer ist Frau Uhuru – ist bei Dir ein Raumschiff gelandet?"*

Sie schreibt zurück: *„Sicher mein Kind"* Und verdrehte Augen Smiley dazu. Weiter: *„Bin gleich in Birmingham!"*

Ich schreib nichts mehr, denn ich weiß überhaupt nicht was sie mir sagen will und denke nur: „Sie kommt aber ganz schön weit rum!" Tja, mit Mirabellenschnaps unter Arm und Frau Uhuru vom Raumschiff Enterprise nach Birmingham. Das soll ihr Mal einer nachmachen. Hauptsache sie hat Spaß dabei und ehrlich gesagt, roll ich mich auch immer ab, bei diesen WatsUp Nachrichten.

Und wenn sie immer „mein Kind" schreibt. Manchmal denke ich, ich bin selbst schon Großmutter und meine Mutter sagt immer noch „Kind" zu mir. Irgendwie ist das süß und es stimmt ja auch. Wir bleiben für unsere Eltern immer die Kinder, da können wir noch so alt werden.

Wenn man nicht mehr so viel rum kommt, dann ist so ein Handy eine schöne Spielerei und der PC das Tor zur ganzen Welt.

Manche Dinge kann sie gar nicht glauben wie z.B. dass man mit Google Earth auch den Weltraum sehen kann. Das man zu jedem Ort in der Welt zoomen kann und richtige Bilder aus den Städten, von den Meeren oder Bergmassiven. Das ist schon beeindruckend. Und ihre große Frage war: „Wie kommt das bloß alles in den Computer rein?" Wenn ich jetzt zu Besuch komme, dann guckt sie sich oft Tiervideos an, dass kann sie auch schon und ich habe ihr ein Lieblingsspiel runtergeladen. Da ist so ein Engel, der hüpft immer von Wolke zu Wolke und das macht ihr großen Spaß.

Man muss dazu sagen, dass es auch anstrengend ist, denn wir setzen alles schneller um. Das fällt mir manchmal schwer, etwas immer wieder zu erklären und das liegt auch an den Hörgeräten in der Reinigungskiste. Aber trotzdem, es war eine wirklich gute Entscheidung. Sie ist damit glücklich. „Traut den „Pinguinen" einfach mehr zu."

Es wird irgendwann der Tag kommen, da werde ich diese lustigen E-Mails vermissen. Ich hoffe aber, dass wird noch sehr, sehr lange dauern.

Bild: Seite 214 „Erdkugel" zur Verfügung gestellt von meinem
        Freund Franck
Cover: Vorderseite: Meine liebe Schwester mit ihrem Affen
          Rückseite: Meine beste Freundin „Iris"

Nachwort:

Toll, Sie haben es geschafft – das Buch. Ich hoffe, Sie haben nicht zuerst die letzte Seite gelesen?

Manchmal lebt man einfach nur so dahin, geht seinen Weg, schreibt nichts auf – und am Ende bleibt nur die Erinnerung und die verblasst auch mit der Zeit. Wie schön, wenn man da etwas aufgeschrieben hat, so aus dem Leben gegriffen, für sich und für alle Insassen der Klinik im Weltall, mit dem Namen „Erde".

Machen Sie es gut bzw. machen Sie es besser, denn ich bin nur eine kleine fröhliche aber nachdenkliche Hausfrau, mit detektivischem Gespür und einer Prise Selbstironie.

Die geschilderten Handlungen und Personen sowie Schimpansen sind teilweise frei erfunden und das quer durcheinander. Ähnlichkeiten mit lebenden oder verstorbenen Personen wären zufällig und sind nicht beabsichtigt.

© 2017 Elke Repp
„Herstellung und Verlag:
BoD – Books on Demand, Norderstedt".

ISBN: 9783744818476